マリリン・モンロー・ノー・リターン

aKiyuKi NoSAKa

野坂昭如

P+D BOOKS
小学館

目次

マリリン・モンロー・ノー・リターン

農地解放までは、バスで二時間の距離にあるN市へ、他人の土地を踏まずに行けたという大地主、しかも一毛作とはいえ日本屈指の米どころだから、屋敷のかまえも豪壮なもので、まず二丁四方はある縄張りに、近くの川から水引いて濠をめぐらせ、瓦《かわら》いただいた土塀も重厚なら、年中あかずの正門は二層になっていて、まずは城郭まがい。戦後、財産税の対策に母屋《おもや》を民俗博物館とし、家族は離れに移り住んだが、田畑人手に渡しても、広大な山林は残って、当主はじめ子沢山のすべて優雅に暮し、この旧家は明治以後、長男は必ず外国に遊学させるしきたりで、現在も一人がニューヨークに滞在中、そして当主はケンブリッジ大学の出身だった。

いわば地方文化人で、その名前は雄二も聞いていたが、会うのははじめて、N市ならばシベリアからの強風に吹きとばされ、あまり雪はつもらないのに、ここまで入ると膝まで没し、兄が軍隊から持ち帰った兎毛皮つきの長靴をはいていても、爪先きが冷めたいというよりいたむ。紹介状一通を頼りに、雄二が旧地主に面会求めたのは、その檀那《だんな》寺である栄隆寺にしばらく置いて貰いたいからで、置いて貰うというのも妙だが、修行を名乗るほどの決意はないし、といって居候《いそうろう》を頼みこむ筋合いでもない。

東京で食いつめ、それもすべて身から出た錆《さび》、誰を恨む筋合いのものでもないのだが、今さら家へ帰りもならず、といって都にとどまれば、まさか斬り取り強盗犯すほどの度胸はないが、詐欺窃盗くらい仕出かしかねぬ。そもそも寺にでも入るかと考えついたのは、ただもう自分をとりまく環境から逃げ出したいだけ。そして、そんなうまい先き行きを考えつかぬまま、講談本によると、昔の腕白坊主はよく寺に預けられたらしい、どこかに年老いた住職一人細々と仏守る寺はないものかと夢想し、そのきっかけは、愚にもつかぬタクシー乗り逃げを仕出かしたためなのだ。

新宿で、女のポン引きに声をかけられ、どうみても雄二、金のありそうな風体には見えぬから、あるいは先方も新米だったのか、「素人の娘さんどうですか、川口の工場に勤めてたんですけど、潰れてしまって」バスを待つ雄二の後でぼそぼそつぶやき、はじめ聞き流していたが、ふと「年いくつ」たずねたら「十八です、まだほんとに初心《うぶ》で」商談成立したように歩きはじめ、「二幸」の裏のくらがりにさそい、雄二酔っていたから、引き合わされた女の、はたして十八であるか、初心なのか見分けるにまでいたらず、ただ、ひどく瘦せぎすなことだけ認めて、うつむき加減のそのうなじに、好奇心より、憐れさが先き立った。

「三千円いただきたいんですけど」花園町ならショートで三百円だから、街娼としては法外な値段も、逆に素人娘を印象づけ、「今ないけど、信濃町まで来れば、何とかなる」「結構です」女を抱く気より、ここで後にひいては男がすたるように思って、タクシーを拾い、信濃町には土建屋営む親戚がいた。

八方借り倒して、いずれにも顔向けできぬ雄二だったが、ごめん下さいと伯父やら母方の遠い親戚の門をくぐり、父の羽振りがよかったから、先方もまずいやな顔はしないで、時候の挨拶、家族の近況たずねるその鼻先きに「済いませんが五百円貸して下さい」ぴしゃりとぶつけ、すると、相手は確かに鼻白むという形容がぴたりと合うような、一瞬上の空で、「まあ、お茶をいっぱい召し上れ」や、また、自らの甘さを顧みるのか、唇ゆがめて無理な笑いを浮かべ、自虐的というほどのことでもないが、雄二この時に一種の充実感を覚える。

といっても、借金がうれしくて、いそいそ訪れるわけでは毛頭なく、かなり勇気ふるい立てでのことだが、いったん顔合わせてしまうと、手にする金よりも、のっぴきならずたたみかけるその申しこみ、時には断られることもあったが、決して引き下らず、五百円を十円にまで値下げしてでも、必ず果たすその過程を、たのしむ気味があった。もちろん、後始末は父や母が行ったし、そのたび、手紙できびしく叱責されたけれど、尻ぬぐい済んだとわかれば、あたらしくその権利与えられたようにさえ思えるのだ。信濃町も、そうした一軒で、ここは商売柄、大口を持ちこめる。「体売って金もうけても、ろくなことないよ」自分を棚に上げて、タクシーの車中、雄二は説教めいたことを口にし、二人はいっさい答えぬ、あるいはどこへ連れていかれるかと、怯《おび》えていたのかも知れない。

土建屋には雄二より三つ年上、同じ大学の専門部を出た息子がいたから、授業料払わねば、試験受けられぬと、見えすいた口実で申しこみ、応対に出た息子は酔っていて、「まあ上っていっぱい飲んでいけよ」上機嫌にいうのを、いかにも試験ひかえた学生風にとりつくろって、金だけ受けとり、さてタクシーにもどると、「別に寝なくってもいいんだ、このお金上げるから、お茶でも飲んで別れよう。それで、気が向いたらぼくここにいるから連絡してくれ。また力になれるかもしれないし」ひどくいきがったのは、くらくてよくわからぬが相変らずうつむいたまま一言もしゃべらぬ女、いかにも素人風で、これは倒産に間ちがいない、きっと幼い弟や妹を抱え、病父みとりつつのあげくだろうと、勝手に決めこみ、新宿に向かってタクシー走らせ、やれ勤め口を世話しようやら、それだけの器量なら喫茶店に働いてもいいんじゃないか、衣裳は月賦で求めれば大丈夫と幼い世智をひけらかし、相変らず無言のままの二人、乗ったところで一緒に降り、まるで親代りの如く、「どっかで、御飯でも食べようか」、借りた金の他に八百円のゆとりがあった。「でもあの、さしせまってこれを渡さなければならないものですから」ポン引きが後で考えれば、妙に引きつっていた表情でいい、「じゃ、ぼくここにいる」バス停留所のそばに雄二突っ立ち、「聚楽《じゅらく》」の横に消えた二人の後姿眼で追い、窮地救われた女、礼をいいに下宿へ来るかも知れぬ、その先き世帯持つまでは考えないが、恋愛めいた事態の推移を思い浮かべ、しかし、二人はそれなりけりで、ついにあらわれなかった。

謀《はか》られたと気づけば、その言動の節々、不審な点があったとあれこれ推理したって後の祭り、消えたあたりたずねてみても、らちはあかぬと、これははっきりわかって、半ば無意識でタクシーをとめ、青山の下宿に向かい、降りる時、三千円の腹いせに、乗り逃げしたのだ。「すぐ来るから待っててくれ」いい置いて、そのつもりなら自分の下宿へなど入らなければいいのに、部屋へ隠れ、だが勘働かせた運転手見守っていて、すぐ声を荒らげ戸口まで車を寄せ、雄二仰天し、屋根伝いに逃げたのだ。タクシーの乗り逃げが強盗に準ずる扱い受けるとは露知らず、その夜は高田馬場近く、同じように大学五年で卒業の目処《めど》つかぬ級友の、三畳の間に泊り、翌朝さすがに気掛りで、様子伺いを頼み、なにたかが三百円足らずの料金、運転手もあきらめたろうし、下宿の誰かれどうにかとりつくろったにちがいない、ふだんならどちらかというと取越苦労、悪く悪く考えて、そうすれば逆にいい結果がもたらされるだろうと、これは癖だったのに、この時は、運転手のすさまじい怒声や、隣家の庭にとびこみ犬に吠えられ、いかにも凶状持ち風に追い立てられたことを思えば、そのゆとりはなかった。

案の定、「なんだか大事《おおごと》になってるらしいよ。刑事は張りこんでるっていうし、乗り逃げだけじゃないんだなあ」つまり、隣家に家宅侵入した罪状が加わり、運転手百十番にかけたから非常線が張られ、その面子《メンツ》にかけてもと警察はいきり立っているらしい。もちろん、下宿の主人にたずねて素姓は明らかにされているし、素直に自首すればよし、でなければ家と大学に連絡する旨、刑事がいったという。

「これはまあ破廉恥罪だから、除籍処分かなあ」級友が、うんざりいい、どうせ何年かかっても卒業は覚束ないのだからかまわぬが、家に通知されるのは困る、さんざ不孝のありったけ仕出かしたにしろ、乗り逃げは体裁悪すぎて、「自首って、どうするんだ」「どうも、ただ申し訳ありませんてんじゃ、能がなさ過ぎるねえ、誰か警察に顔のきく人を知らないか、あれは一本電話かけといて貰うと、ずい分ちがうらしい」級友わけ知りにいい、さて思いめぐらせても、心あたりは皆目ない。

「まあいいや、まさか送検てことにはならないだろう、運ちゃんと示談にすれば」雄二強いて平静を装い、警察沙汰になったのはこれがはじめてではなかったから、多寡《たか》くくる気がないでもないのだが、一方では、「大学生、タクシー乗り逃げ」と、別に珍らしくもない新聞三面の見出しが浮かび、父はN市の名士だからたちまち威信失墜するだろう、それがどうした、開き直ろうとしても、つい膝が小刻みに震える。

結局、高校の先輩に頼みこみ、さらに何期か上の、総理府に勤める男が、同級の検事に声をかけてくれ、根まわし万端整えた上で所轄署に出頭したのだが、冬の最中というのに借物で寸たらずの学生服素足に下駄ばき、「なんだ、ノビかタタキか」次席にのっけに詰問され、「乗り逃げです」せめて心証よくしようと子供っぽく答え、我ながら情けなかった。

大学の、まして文学部など、まともに出席する奴は馬鹿と決めこんで、また焼跡の残るうちは、なにもピーナッツ宝くじ売らずとも、結構稼ぎがあり、酒と女にこと欠かなかったのだが、朝鮮戦争落着以後、世間一般は旧に復したが、いんちきななりわい日一日と逼迫《ひっぱく》し、気がつけば教室でこそ顔を合わさね、麻雀屋外食券食堂で同級生の卒論談義や就職見こみなど、否応なく耳に入り、混乱はおさまっても不景気にちがいなくて、けちな勤め口に眼の色変えるさまを、強いて軽んじ、さて景気つけに焼酎あおりたくても、もはや、それすらありつけぬ。同じような立場の酎連れ女郎買い仲間も、同級生のほとんど卒業してしまうと、妙に苛立って、教職課程の受講を申しこみ、てんから馬鹿にしていた体育の補修授業を受け、それはまだ雄二にくらべ、いくらかでも単位修得数があったからで、雄二ときたら、四年在学して三十六単位、いまさらどうあがいたってはじまらぬ。一人とり残される心細さから、別だん小説も書かず同人雑誌に参加したこともないくせに、無頼派を気どって飲み逃げやら、縁を頼って七とこ寸借、教室へ出た友人の留守をうかがい本を盗み、折よく書留が来れば着服し、これまでも似たような所業やりはしたのだが、めっきり陰惨な色合いとなって、折角、卒論準備のため買いそろえた原書売り払われれば、互いに盟友と心許し合ったはずの男が、雄二の母に直訴し、以後見切りつけて一宿一飯の恩さえ分かち与えぬ。

その果ての、乗り逃げだから、表沙汰にならず落着したものの、広い東京すべて針のむしろに思え、考えあぐねての寺入り。これとて、見ず知らずの修行寺に、頼もうとまかり出る勇気はなく、高校時代の同級生に寺の息子がいて、「坊主は気楽だよ、仏さん扱うったって、もう棺桶へ入ってんだし、ごにょごにょ手前にもわかんないお経上げてりゃ、尊敬されて金になる」かなり自ら嘲っていっていたのを思い出し、こっそりN市へ舞いもどると、頼みこんだのだ。それもまさか食いつめてとはいえぬから、「最近、フロイトを読んでるんだが、精神分析と禅というのはかなり似ているように思えるなあ」聞きっかじりのはったりをかまし、もし費用がいるなら、父に出してもらう、しかるべく修行させてくれる禅寺のあてはないかと切り出した。

同級生は、雄二の父の地位心得ていたし、また東京での悪業は聞いてなく、すぐ父の住職にとりついでくれ、「そりゃ、春になってからの方がよろしい、冬はきびしいから」と、その辛酸のあれこれ説明したが、実は雄二、世の中に雨露しのげて三食恵まれるなら、犬小屋橋の下でも御《おん》の字の気持。国ざかいの山中に、かなり俗界とかかわりが深く、教育委員選挙管理委員などの肩書きを持つ和尚の僧堂があり、環境からいえばここが一番、県内では他にN市から四十キロ離れた栄隆寺、この寺は住職の資格与えるいわば学校で、修行という面では少し欠けるかも知れぬ、つまり親代々の寺世襲する子弟が、寄り集うのだから、心底禅をきわめる性根には欠けると、説明されて、雄二、いっそ武蔵ではないが、その山中の僧堂に入ってきびしく自らを鍛える、ふだんひどく自堕落なくせに、いや、その故にか、戒律に縛られた生活を、時に憧れる癖があり、「折角、御紹介いただけるのでしたら、やはりとことんまで自分を試してみるといいますか」必ずしも強がりばかりではなくいった。雄二自身ほとほと、わが意志の薄弱さ、あるいは酒に溺れる日々に愛想つかしていて、それは決して二日酔いの間だけではなく、このままずるずる齢を重ねて、果たして一人前に世渡りできるものなのか、しみじみおそろしくなることがあった。求人広告を見渡しても、適応する年齢資格の職種は、バーテンダー、ガソリンスタンド従業員、正体不明の各種外務員の他は、屋台売り子募集や、肉体労働で、まともに卒業した連中ですら、業界誌記者か、区会議員の伝記ライター、国もとへもどり中学英語教師になった男が、うらやましがられているのだ。

もとより坊主になる気はない、ただ、八方ふさがりの東京を脱け出し、といって、家へおめおめ帰りもならぬ、いわば腰かけで、しかるべき時機見はからい、禅寺で修行する旨両親に知らせれば、少しは愛想づかしもおさまるだろうと、まだ眼鼻もつかぬうち、その文面を考えたりしたのだが、やがて、酒を持てなされ、雄二の真意まったく知らぬまま、修行のなにやかや物語る住職に聞き入るうち、さらに寺にさえ入れば、天晴《あっぱ》れ人間改造ができるような気がして来る。「鎌倉あたりへ、夏休みに参禅する学生も多いそうだが、ありゃ無駄なことですな、やはりそこで新発意《しぼち》として生活しなければ、意味はない」というのを、しみじみうなずき、さてその山中の僧堂へ入る手続きを聞くと、しごく形式的なことだが、まず山門の前に二日間座禅を組む、出入りの僧いっさいこれを無視、見かねて檀家の代表でもある門前衆が、和尚に修行許すように口ぞえのあげくいったんその家に引きとられる。そこで布団や手ぬぐい食器を受け、入山すれば今度は、旦暇寮なるいわば独房、三畳の間に窓も、もちろん厳寒でも火の気はなく、ここで許しの出るまで結跏趺坐《けっかふざ》、朝夕おまじりほどの粥《かゆ》だけ与えられ、しかも、のぞき窓から年中監視されて、寝ることも、足くずすことも許されぬ。夏ならば四尺四方の箱に入れられ、暑さと、空気孔から入りこむ蚊に責められ、いずれの場合も半死半生の態となる。「座禅組んだことはないけど、家ではいつも正座を命じられてましたから」雄二、酒に酔って怯えを見せず、住職もまた、資格だけとって、葬儀の進行係に堕してしまった坊主どもをののしり、「なまじ仏門に生れた者より、あんたみたいな人が、かえって道を悟るのかも知れぬ」はじめ、引きとめていたのに、翌朝早く、その山中の寺の住職に連絡をとろうと、我ことの如く意気ごんだ。

その夜は寺に泊り、一人になれば、そんな苛酷なテストに耐えられるわけもなく、なんといって断ろうか、あっさり兜《かぶと》脱いで栄隆寺にすればよかったと悔み、いつもこんなことをくりかえしているように思う。できもしない事柄について請け合い、自分で悪気はないのだが、結果としてしごくルーズな人柄と受けとられてしまうのだ。

しかし運よく、山中の寺の住職は、布教のため南米に出発する直前、とりこんでいたからとりあえず栄隆寺に入門が決まり、紹介状ふところに、檀家総代勤める旧地主を訪ねたのだ。以前は、さだめし小作人が米俵積み上げたのだろう広い土間に面した、板敷きに案内され、周囲には各種農具の展示、当主外遊の土産なのか、場ちがいな洋燈、鰐《わに》の剝製、大理石の彫像がまじる。

年老いた下男が渋茶淹《い》れた他、かなり経ったが人の気配はなく、手持無沙汰で歩きまわり、ふと、山中の寺入門に際してのテスト思い出し、あるいは誰かひそかに立居振舞いながめているのかも知れぬと、あわてて威儀を正しても長くはつづかぬ。そのうち上履き入れた箱の上に、新聞があるのに気づいて、拡げたとたん、ジョー・ディマジオと共に、新婚旅行の途中、日本へ立ち寄ったマリリン・モンローの艶然と笑う写真がとびこんで来た。

モンローはかなり深く椅子に腰をかけ、高く組んだ脚は、ふとももまでのぞけ、記事にも「肌はすべてピンクに輝き、マシマロのようにやわらかく、滑らかで、さすが当代のセックス女王」とあり、モンロー主演の映画は「ナイアガラ」「七年目の浮気」と、題名のみ耳にしていて、観たことはなく、それよりディマジオに思い出があった。

昭和二十五年秋、GI慰問のため、ディマジオが来日し、ついでに、当時はこの年からはじまった日本シリーズに勝るとも劣らぬ人気の、早慶戦を観戦したのだ。雄二は外野に同級の女子学生といて、「観てごらんなさいよ、さすが大きいわ、肩から上とび抜けてる」女子学生がオペラグラスを渡し、丁度真正面のネット裏のぞいたが、ただ人が立ちさわぐだけで見分けつかず、そんなことより雄二、首ったけとなっていた女子学生とようやく二人っきりで野球見物、応援団の指図に従い、その肩を抱いて左右に揺れ、味方のチャンスには彼女無意識だろうが、ひょいと雄二の肘《ひじ》のあたりをつかみ、そのつど金縛りにあった如く硬直して、グラウンドの推移などまったく上の空。どうにか勝って、勝利の紙吹雪のため、女子学生手提げから懐中紙をとり出し、半分くれたけれど、引きちぎるのが勿体なく、二、三枚ポケットに忍ばせ、以後、半年くらい、本の間にはさみこんで大事にしていた。

というのも、その後二人の仲はまるで進捗せず、いや、一年ちがいで共学にはずれた雄二、娼婦値切るならなめらかに言葉は出ても、素人相手ではいっさいぎごちない、せいぜい知られた詩人の恋愛詩つぎはぎして、手紙書くやら、誕生日にかこつけオルゴール贈るやら、そのすべて裏目に出て、手紙の後会えば、「私、大手拓次って大好き」と、あからさまに盗用見破っていることを告げられるし、「よくお誕生日御存知ね」不思議がるから、教務課で調べたというと、たちまち不機嫌になり、彼女は入学が二年おくれていて、その生年のさばよんでいたのだ。あげく、野球部スタープレーヤーを恋人にして、雄二はその腕を組み登校する姿を見るのがいやで、教室遠ざかったともいえる。

モンローの写真に触発されたか、ふいに無念の想いがこみ上げ、それは女子学生にふられた口惜しさだけではない。年末の夕暮れ、喫茶店にたむろしていた学生が、急に各自靴を磨きはじめ、何事かと思えば、これより女子大のパーティへ乗りこむ姿、同じ下宿の男のもとに日曜日毎《ごと》女学生があらわれ甲斐々々しく炊事洗濯をし、男は妹と紹介したから、その意をむかえたくて、夏ミカン五つ買い、部屋へ届けると、昼日中からからみ合っていたり、喫茶店の評判娘に、通いつめて、どうにか口をきくようになり、ついはしゃいで、級友同伴しいかにも脈ありそうに吹聴すれば、「駄目だよ、マダムの旦那があれに眼をつけたもんだから、マダム心配して、あの娘を彼奴《きやつ》におっつけちゃったんだ、据膳《すえぜん》用意して」はるかに消息に通じ、隅の一人をしめし、なるほど女にもてそうな、大学院のマーク襟に飾った男だった。あるいは、雪焼けした男が、スキー場での情事を物語り、まさか夜のゲレンデで抱けないし、宿では人眼がある、しめしあわせてスキー乾燥室の忍び逢い、「あすこは暖かいからさ、女、裸になっちゃって」やら、鎌倉の海で三人連れの女にさそわれ、その別荘で乱痴気さわぎしたとか、いずれの場合も、その耳にした情景思いえがいて、自ら五指にとりあえずの昂ぶりをしずめる情けなさ。

土曜の午後は、二人連れの姿眼にするのがいやで、閉じこもり、日曜に雨が降れば、さぞかし恋人たちの外出プランこわれたろうと胸を晴らし、ついに大学生活五年過ごして、娼婦以外の女を、抱くどころか口をきくことさえ稀《まれ》、そのくせ、あきらめはせず、父のカメラ持ち出しこれを口実に近づく魂胆、新宿御苑や井の頭公園せかせかうろついても、結局は質に入れて酒に代り、月曜午前中のロードショウ劇場二階の客席に、男漁りの有閑マダムが網を張ると聞きこみ、早速出かけたが、それらしき影も形もなく、トイレットの落書にいたずらな刺激を受けるのみ。

これで寺になど入ってしまえば、当然、女っ気はない。モンローのあらわな脚をながめ、記者に追われてなかなか水入らずの時間がとれず、ディマジオが怒ったという記事に、あらぬ妄想をえがき、自分が旧地主の寒い板敷きにぼんやり坐っているこの時も、東京ではうまいことやってる奴が沢山いる、女連れの男の、腑抜けた表情が浮かび、苛立っても仕方がないと一方で自制しつつ、そういうアベックの群れに、モンローと腕を組み颯爽と分け入ったらみんなさぞおどろくだろう、野球選手といちゃついてる女子学生、セーラー服抱きかかえた下宿の男、呆然として見守るにちがいない。

雄二はその晴姿、思いえがくことでようやく心が落着き、というより熱中して、これも幼い頃からの癖だった。兄姉それに弟がいて、兄はとびきりの秀才、五つちがいだが、小・中学校兄の後を追うと、その麒麟児《きりんじ》ぶり記憶している教師いちいち比較して負い目おわされ、雄二が末っ子のうちはまだよかったが、十三年下の、母にすれば恥かきっ子に近い弟が生れると、これがまた両親の寵愛を集めて、さらにみそっかす扱い。医学部へ入った兄が、父と盃のやりとりをし、大人びた話かわすのを見ると、差別された如く思い、戦時中に生れ、甘いものに不自由した弟をふびんがり、戦後進駐軍のチョコレートや、チューインガム、こっそり母の与えるのを知って、高校生であるのに口惜しく思う。そして、心の中で張り合うのだが、到底兄の頭脳にかなわず、だからまた文科系をえらび、「まあ、小説でも書いてみようと思う」など、何気なくいうと、「俺の知ってる文学部の男で、これぞ文才の権化とみなされていた奴がいたけれど、それがいくつ書いても、懸賞小説の佳作にも入らないんだからなあ」遠まわしにいう内はよかったが、やがて「お前、俺の見るところそう才能があるってわけでもなさそうだし、まあ、学校の教師になるつもりでいた方がいいのじゃないか」あけすけにいい、それをさらに父につげて、「小説家なんて大それたこと考えちゃいかんよ、君、ろくに手紙も書けないじゃないか」父にまでひやかされた。こういう時、うわべはにやにやしているが、そして一念発起したってどうにもならぬとわかるから、逃げ道は、自分が著名な文学賞を受け、大々的に新聞に報道され、さぞ仰天するだろう兄や父の表情を脳裡に浮かべること、突走ったあげく、ノーベル賞を貰って、フランスでサルトルと握手する姿まで考えたことがあった。

また、弟については、病気でも、あるいは事故によってでもいい、その急死したことを考え、その亡骸《なきがら》のそばで夜通し経を読みつづけ、親戚の者が「体にさわるからもうおやすみになったら」声かけるのをふり切り、毅然と姿勢くずさぬわが在りようをうっとり思いえがく。近頃でいえば、いっこう学業進まず不始末ばかりの雄二に、年老いて頑固となった父、手ふり上げんばかりに怒り、その場は頭うなだれ、母のとりなしにおさまっても、「はっきりいって、ぼくは君のような性格がきらいなんだ、いや、君はぼくの子供じゃないように思える」と、さらに酷薄な父の台辞《せりふ》を妄想し、そういわれたらかえって思い切りがつき、一家の平穏を祈って自分は、どこかさいはての、たとえばにしん漁場にでも働いて、世捨人となるのにと考え、万感胸に迫り、世にも憐れな子供に自らを見立てるのだ。

だから、モンローとアベックの幻想は、さらにとめどなく進み、自分がディマジオにとって代り、ハリウッドでそのヒモとなって、栄耀栄華きわめた明け暮れ過ごすにまでいたり、あらわな太ももの奥の、秘所の有様が、眼に見える如く思う。

「どうもお待たせして、申し訳ない」いつのまにか旧地主かたわらにいて、裏に毛皮張ったバーバリのレインコートを脱ぎ、「和尚に話はしておきました。和尚もお父さんに何度かお目にかかったことがあるそうで、よろこんでおむかえするそうです」すぐに連れ立ち、栄隆寺の山門くぐると、さすがに修行僧置く寺だけに、町中の寺と比較にならぬ風格、本堂藁ぶきの大屋根も、その左右にのびる建物の質素ながら、障子の色濡れ縁の磨きこまれた按配、遠目からも行き届いた手入れ心くばりがわかり、庭木の雪囲いも雅《みやび》やかな印象。右の入口をくぐり、中はくらい上に囲炉裏《いろり》で生木がいぶり、なれぬと眼をあけていられぬのに、旧地主ずかずか入りこみ、「いや、達者かね」よく見れば、見るからに農夫らしい男、五人が坐りこんでいて、以前の小作人なのだろう、一同あわてて板敷きに頭すりつける横をうなずきつつすり抜け、「今、みんな托鉢《たくはつ》に出かけてるそうだけど、御住職はいなさるから」勝手知った風に奥へ通った。

栄隆寺には現在二十人の修行僧がいて、その大半が、県下の寺の跡継ぎ、中で二人俗世から発心、すでに得度《とくど》した者がまじる。先代は説教の名手、お布施をよく集めて、本山の覚えめでたい裕福な寺だったし、また田畑もあったのだが、今はそのほとんどが小作の手に渡り、やりくりが苦しいと、これは農閑期だから体持てあまし日がな一日庫裏《くり》の囲炉裏端でしゃべりこむ門前衆に聞いたことだが、住職にしてみれば、雄二を預かって、父に何かと便宜頼みたい気持もあったのだろう。まずは客分扱いで、個室を与えられ、掃除洗濯もしないでよく、風呂は住職につづいて案内される。

雄二はまた、いずれ父に伝わるのなら、せいぜい住職の心証よくしておこうと、頼まれもしないのに、朝五時、修行僧と共に起きて、廊下を雑巾がけし、薪を割り、風呂で先輩の背中を流す。俗世から入った二人は、ここで認められ、末寺の一つもまかされなければうだつ上らぬから、立居振舞いいちいち力がこもっていたが、ひきかえ二年間をここで過ごし、本山で三月修行すると二級教師の免状が与えられて、これが住職の資格、それだけがめあての寺の子弟たちは、それまでかなりちゃらんぽらんに過ごして来たのに、なまじ雄二が、なにしろ東京の大学で勉学中のところ、仏教なかんずく禅に興味をいだき、入山したというふれこみだったから、立ちまじることで活入れられた様子。二人いる教師もことあるごとに「学生さん見てみろ、いわれる前に何でも済ませている、いわれてからじゃおそい」一人は海軍帰りで、雑巾がけの際、あたかも甲板掃除の如く「まわれ、まわれ」と叱咤していたが、いちいち引き合いに出す。

酒に明け暮れる日を送っていても、体力はまだおとろえていず、作務《さむ》とよばれる肉体労働、それは雪下しや、近くの川からの砂利運び、雪がとけるとすぐ萌え出す庭の、草とりなどに、ひけをとらなかったが、朝が粥、昼と夜は一汁一菜で腹が減り、下男と婆や二人の下働きに頼んで、にぎり飯を恵んで貰い、修行僧たちが、好んで托鉢に出たがるのは、大きな檀家で馳走に与《あずか》る、いわば余禄があるからだった。

しばらくすると、二人の教師が反目し合っているとわかり、片方は寺の財政面を受け持ち、一人が仏教の教義というより、上手な説教の仕方を教えるのだが、互いに雄二のもとへやって来て、相手の悪口をいい、末は女の話となった。財政坊主は、年に二回、檀家の中の篤志者を連れて本山へ案内し、中に若い後家もまじるからこれに手を出すらしく、説教坊主は、夜しばしば抜け出し、坊主頭にベレーかぶって、N市のダンスホール、安酒場で女を引っかけ、けっこうもてる様子。修行僧たちも、暇な時は、村の娘の品定めをもっぱらにし、あたりで人の寄り合う場所といえば寺しかないから、処女会若妻会など、大広間で開かれると、眼の色変えて、その周囲をうろつき、その夜はたいてい憂さ晴らしか、古顔の部屋で酒盛りとなる。

なれぬ内は、雄二よばれなかったが、一方で、そういう坊主をそしる資格などないのに、堕落していると憤慨しつつ、また、自分と同じように女に餓え、それをあからさまに見せるから、優越感もいだけて、こちらから話を合わせ、やがて仲間に入れて貰い、「東京の女など、ひらけておるんでしょうなあ」年長の男のさそい水に乗り、自分ではまったく経験のない素人女との火遊び物語ると、たちまち一座の眼の色が変り、「くえっ、そんな簡単について来ますか」「そりゃあ相手もたのしむつもりですから」「そりゃそうだ、女だって好きだもんなあ」別の一人がつぶやき、「そうかなあ、女もやりたがるのかなあ」中学卒えたばかりの新参者信じられぬようにいうと、「あたり前よ、ねえ雄二さん、女の方が助平だよねえ」たずねられて、今度はどぎまぎし、雄二も女に性欲があるとは信じ難いのだ。やがて、一人が、東京に負けじと自分の出身地の淫風、物語りはじめると、いずれも草深いあたりに育ったものだから、夜這いやら、祭の夜川原に女を担《かつ》ぐ話、親子でつるんだ噂から、乞食夫婦のまぐわいのぞきみた体験談、我勝ちにしゃべり、葷《くん》はともかく酒《しゅ》の方はいくらも山門から運びこめ、どうやら托鉢の分配金でこれをまかなうらしかった。あんまり声高になると、一人がしっと制し、いったんしずまるが、すぐ堰《せき》切ったように「処女のは指一本しか入らねえが、何人も産んだ女なら腕までくわえこんでしまうもんな」「お前、さわったことあるのか」「そりゃ、お袋なんかズロースはいてねえべ、夏の夜などいくらも見えるしよ」「親不孝な奴だな、こいつ」「いや、お袋もよろこんでたかしんねえ」雄二がこれまで、下宿で暇つぶしにかわした猥談《わいだん》とはけたはずれに生々しく、冒瀆《ぼうとく》的で、はじめいささか辟易《へきえき》したが、すぐ耳に馴染んで、よく聞くと、幼な顔の残る修行僧でさえ、数でこそ娼婦専門の雄二がまさるが、金のからまぬ色恋をいくつか経験しているらしいのだ。檀家の月忌《つきいみ》に和尚の名代で読経に出かけ、そこの出もどり娘に誘惑され、あるいは、末寺の大黒《だいこく》に淫奔なのがいて、所用で立寄れば、必ず色眼つかわれたり。そう聞かされると、その若い僧の面立ち、眉毛濃く色白で、もてるのも当然のように思えて来るし、いかにも悪僧然とした年長の男にも、訪れると酒肴持てなされ、時に小遣いくれる年増が二人いて、その話が真実だろうことは、体験者でなければ語れぬ、細かい描写から十分にうかがえ、聞き伝えの雄二の法螺《ほら》など、恥かしくなるほど空々しい。

といって修行僧たちも、酒の勢い借りて、そのまま女のもとにはおもむけず、昂ぶり持てあまして、果てはそれが余興であるように、二、三人が紺のもんぺかなぐり捨て、かなりきびしい労働で鍛えているから、筋肉盛り上った脚の間の逸物しごき立て、壁ぎわにしゃがみこみ、精液のとばしっこにいたる。うすぐらい片隅で、うつむいたのやら、宙をにらむ者や、いずれもせわしく指づかいして、ほとんど同時にはなち、すると人が変った如く、急に動作のにぶくなる選手の前方に眼をこらし、ひょうきんな一人が、「一位賢仁さん、二位了然さん」よばわりつつ、雑巾でふき清めた。

雪が消えると、たちまち雑草が生えて、もっぱら雄二は、サンダラボッチ腰の下に敷いて鎌を片手にその根を切り、住職は父に連絡とって、ことの次第てっきり承知の上かと思っていたのに、いっさい知らなかったから、自ら出向いて説明したらしい。くわしいいきさつを語らなかったが、「しっかり修行しろとのことでした」にこやかに雄二につげ、なにがしっかりだ、坊主たちの所行知っているのかと腹立たしいし、また考えれば、その坊主にも及ばぬ自分が情けなくなり、いっそこのまま寺に居つき、得度して、後家や色娘のお裾分けに与りたいような気も起る。まだらな雪に色どられた国ざかいの山をながめ、川風もめっきりぬるみはじめて、留年した連中も卒業したことだろうし、指折り数えれば二十五歳、いったいこの先きどうなることなのか、切羽つまって寺へ入りこんだのが、とてつもないまわり道に思え、昼間、修行僧の月忌まわりに出かけた後は草むしりの他、托鉢にも同行させて貰えぬ〝薄のろ〟、多分この寺で飼い殺しにされるのだろう痩せた男と暇つぶし、どう考えても先き行き、何かのたしになっているとは思えぬ。

四月八日花祭り、村の青年男女が寺で素人芝居を行い、坊主たちもおおっぴらにその仲間に加わり、脚本の撰定や舞台装置の打ち合わせが夜毎行われて、青年の一人、雄二を文学部学生と聞いて相談持ちかけたが、まったく演劇の知識はなく、舞台上下《かみしも》の区別もつかなかったから、すぐ愛想づかしされ、一同の嬉々と茶を運び、夜はまだ冷えこむから火の用意整えてから、抜け目なく女に冗談口きく様子を、〝薄のろ〟と二人遠くながめ、ますます気が滅入る。住職にいわれているらしく、こけの一念で年中般若心経、観音経の暗記につとめる〝薄のろ〟のかたわらで、これならいっそ飯場へでも入って、土方した方がまだしも道はひらけるのではないか、といって金は一文もなく、煙草も住職の部屋へ忍び入り、くすねる有様。

母ならまだごま化して金せびれるだろうが、それも近年血圧が高くなり、心臓にひびいて入院をくりかえし、それも雄二の行状さだまらぬためといわれては敷居が高い。思いついてひっそり座禅組んでみても、一人では五分もたなくて、〝薄のろ〟にさえあざ笑われ、本堂の後に八十八カ所風の仏が並び、一円玉が時にささげられているから、集めてみたが二十円に満たぬうち、さすがみじめさがまさってそれ以上はかなわぬ。食事が質素なためか、気持なえ果てたせいか、次第に坊主たちの猥談耳にするのもうとましく、いっそ肺病にでもなり、ここで寝こんでいよいよ臨終、駆けつけた両親に力弱く、「迷惑ばかりかけて済いません、どうかいつまでも御達者で」いいおいて眼をつぶる。いくら頑固な父でも涙くらい流すだろうと、妄想もじめついて来て、しかも、本当にそうなりはしないかと、おそろしくなり、庭に出て深呼吸をする。

心身ともに打ちひしがれ、草むしりだけに精出していると、突然、家に出入りの床屋があらわれ、「雄二さん、折角御修行のところを申し訳ないことなんですが、お父さんがどうしても力を借りたいって」何事かと思えば、父がこの春の参議院議員選挙に出馬する、兄は東京の病院にいるし、母は病弱、肉親で手伝えるのは雄二一人、到底全県を父一人でまわることはできず、名代立てるとなれば、田舎でもあり候補者となるべく血縁深い者が、よろこばしいのだ。しぶしぶといった態《てい》で腰を上げ、実は頰つねりたいような幸運に思える。選挙で手助けすれば、もし当選の暁、父の秘書になれるかも知れず、秘書がどういう役割なのか皆目見当つかぬが、月給三万円とだけは心得ている。各職種にわたって、初任給をよく調べていたのだ。家に近づくと、いわれのない怯えが生れ、それは中学入学以後、特に大学へ入ってからは、たのしい期待で門をくぐった記憶がない、月謝滞納や下宿代の催促、借金の通告が先きまわりしていて、常に身をすくめ家人と顔合わさぬよう努めなければならなかったのだ。今度はちがう、少々の不始末報告されていようと、大事の前の小事、いくらいい聞かせても、やはり床屋の後から肩身せまく玄関入って、しかし家の中は火事場さわぎ。前議員の急死による補欠選挙で、しかも締切の土壇場で立候補ときまったから、見ず知らずの顔が廊下茶の間客間にあふれ、雄二はすぐ応接間に通され、父は不在だったが、とりあえず駆けつけた兄が、「ぼくの分も頑張ってくれ、親父が男になるかどうかの瀬戸際だから」重々しくいって、盃をさし出し、前祝いの乾杯。

三日後に選挙戦が始まり、はじめの二日間、父がトラックに乗り街頭演説を行ったが、すぐ裏面工作をもっぱらにして、雄二は、卒業したものの職のないまま東京に留まっていた飲み友達二人をよんで演説隊を結成し、県下を駆けめぐる段取り。「なんでもいいよ、朝起きて何もすることがないってのは、健康に悪い」露文科出身の吉川がいうと「お父さん入ったら、どっか世話してくれねえかな」仏文の加藤、溺れる者の藁《わら》の如くにすがる。

雄二はそれに応対どころではなく、というのは、出発に際し、父から千円札きっちり束ねたのを三つ、つまり三十万円とメモを渡され、昼間は村から町へ地理にくわしい運転手のまま従って連呼をくりかえし、夜は、土地の婦人会寺院消防団青年会の幹部と面会し、名刺代りにいくばくかを置いてくる。その額については、地元顔役が教えるからといわれたのだ。つまるところ右から左へ渡るにしろ、こんな多額の金持ったことがなく、ほんの三日前、仏の上前一円二円とはねていたこと思えば夢のようだった。

それにしても、選挙には異様な人物の群れ集まるもので、ポスターに貼る証紙の偽造持ちかける者、選挙管理委員会の焼印がつくれるという老人、これは選挙事務所開設には、焼印押した木札が必要なのだが、看板立てめぐらせた事務所は、そのまま宣伝効果が大きいから、県内各地に部屋を借り、本来三カ所しか許されないものを、この焼印でごま化し、水増しをする。同時に三カ所以上店開きしなければ、決してばれないと主張した。この他印刷屋、仕出し屋から、個人演説会のさくら請負い屋、もとより誰それに挨拶してくれれば何百票は固いという売込みも後を絶たず、N市目抜きにもうけた事務所には、朝から見知らぬ人間がつめかけ、酒を要求し、うっかり公明選挙ですからと断ると、せせら笑い、ずかずか上りこんで、見当つけた押入れを調べ、御祝儀に届けられた一升瓶歯でこじあける。

なんにしても、人が寄るのは景気のいいしるし、めでたいといわれれば、そんなものかと納得する他はなく、また、雄二たちのトラックにもたかりが行く先き先きで待ち受けていた。食事はなるべく一膳飯屋風をえらび、しかも安いものを注文、宿も三流に泊って、つとめて庶民的印象を与えるようにと注意されていたのだが、まるでトラックの到着張りこんでいるように、必ず四、五人があらわれて、「これはこれは御曹子、御苦労さんです」なれなれしく挨拶し、農地委員やら、村会議員の名刺さし出し、当地における情勢分析しつつ飲み食いし、「まあ遠慮せんと食べなさい、最後の勝負は体力だ」というからあるいはおごってくれるのかと考えると、土産の折詰までつくらせて引き揚げていく。これはまだいい方で、父の後援会をつくろうと思う、とりあえず有力者だけ集めたから顔を出してくれと、しつこく要求し、最後は自分の顔をつぶす気かと喧嘩腰だから、「どうしても今夜中に先きへ行かなきゃならないので、挨拶代りといってはなんですが、これで皆さんお酒でも召し上っていただいて、よろしくおとりなしを」千円札三枚渡すと、たちまち相好くずして、「御健闘祈ります」顎だけしゃくって立ち去る。

はじめ照れて、ただ名前だけ連呼していた吉川に加藤も、ただならぬ熱気といえばいいか、いかがわしい雰囲気にまきこまれ、家並みがあればトラックをとめ、口から出まかせの推せん演説をぶち、夜は雄二、いわれた通り顔役に挨拶し、その案内で寺の本堂、集会場にまかり出で、するとたいてい宴席がもうけられていて、その一人一人に盃を献げ、お流れ頂戴し、「いや、立派な息子さんだ」「しっかりしてなさる」などの声くすぐったく聞き、たしかに五年間東京で悪酒のしごきがなければ、この役はかなわなかった。

帰途、宴会の費用になにがしか上のせした金額を要求され、夜更け宿にもどると、二人は雄二に渡された千円札にぎりしめて女郎買いに出かけ留守。雄二もさそわれたし、東京では常に花園新宿二丁目と連れ立っていたのだが、今までがみすぼらしかっただけ、かりそめの姿にしろ、金をばら撒き、撒けばちやほやされるから、また妄想が湧いて、それは父が当選してその秘書になり、飛行機に乗り東奔西走するという単純なものから、兄の気づかっていた父の健康、それまでが民事専門の弁護士で、肉体酷使したことがないから、選挙という激しい労働に耐え得るかどうか、アメリカ製の栄養剤など用意していたことがヒントになって、もし途中で倒れたらどうなるか、いや死んでしまったら、自分がその弔い合戦ということで後に推されるのではないか。満で数えれば二十三歳、その資格に欠けることなど考えず、父の遺志を継いで、その黒枠の遺影を胸に飾りトラックで遊説すれば、今のようなあやしげな連中ではなく、婦人層の同情を集めるだろう。「不肖雄二亡き父の身代りといたしまして、未だ若輩《じゃくはい》の身ではありますが、立候補いたしました。若輩とは申しましても、私、国政に対する熱情は父にまさるとも劣らず、父はいまわの際に私の手をにぎり、雄二頼むと最後の力ふりしぼって、いい残したのであります」壇上で獅子吼《ししく》するおのが姿を思い浮かべ、すすり泣く女性の声が幻聴の如く伝わり、この年で国会議員になれば、三十過ぎた頃次官、そして四十前には大臣になれるだろう、するとマリリン・モンローのあらわな脚がよみがえって、日本の少壮政治家とハリウッドの美女のロマンス、決して考えられないことではない。いわれた通り場末の安宿に泊っていたから、垢臭い布団を足でからんで、マリリンとよびかけ、この時間はしごく甘美で、安女郎抱くなど思いもよらなかったのだ。

朝になると、さすが馬鹿馬鹿しくなったが、深くかえりみるより、町や村とびとびに在るから、五時にはトラックを走らせて、凸凹道がたぴしと揺られつつ、吉川や加藤の、女郎買い談義とぎれとぎれ耳にすると、なんとなく二人が卑小に思え、本当に自分が議員になったら世間はどう見るか、落ちぶれた亭主の就職を頼みに女子学生があらわれるかも知れぬ、すると「今、本会議中だから」秘書に断らせ、窓ごしにめっきりやつれたその後姿をながめる、三流新聞にもぐりこんで、やたら記者風吹かせた同級生や、久しぶりにあったとたん「何だ、お前気ちがい病院へ入ったんじゃないのか」軽べつしきった表情見せた男、どうしてくれようかと、思いめぐらせ、早く寝床について心ゆくまま妄想をたのしみたい。

六日目、父の使いが宿泊地に待ち受け、さらに五十万円渡して「もしたりなければ、すぐ電話かけて下さい、お届けします」という、もともと受取り不要の金だから、その気になればいくらもくすねることができたが、この時はまだ悪心起さず、相棒二人には夜遊びの分倍渡してやり、ふところ暖かくなればふるまいも鷹揚になって、挨拶まわりに自然と分別がにじみ、競争相手は、返り咲き狙う戦前派代議士と、組合を地盤とする若手、その二人の戦いぶりなどさり気なく聞き出し、出席の顔ぶれ見さだめた上で、金額こっそり胸算用、報酬与える手つきもものなれる。

選挙事務所の情勢判断は、皆目わからないが、日を重ねるうち、法曹界に名が通り、また地方名士ではあっても、地盤いっさいないし、選挙は素人、べつに何がどうというのではないけれど、ひたひたと形勢不利の見通しが強まり、それは、県会議員など実力者に挨拶した時の、相手の眼のそらせ方、「よろしくおねがいします」と通りいっぺんの台辞だから、気楽に礼をかえしていいだろうに、何やら奥歯にもののはさまった如き反応で、夜の会合にも相変らず雑魚《ざこ》は集まったが、肝心の幹部の欠席が目立つ。「桜花咲く春四月、うららかな陽光は輝いても、自由丸の前途は決して平穏なものとはいえません」応援の二人はすっかり慣れて、流暢な街頭演説だったが、その眼で見はじめると、珍らしげにながめるのは子供ばかり。ひょいと正気がもどった如く、「この期に及んでじたばたしたって、大勢に影響ないさ」運転手に命じて、途中をはしょり、宿屋はだんだん高級なものに変って来ていたが、さらに一流をえらんで、いったんおっくうになると、顔役むかえに来ても金だけ渡し、「実は少々体をこわしまして」と力なえた表情つくれば、先方これ幸いと「そりゃいけません、私が代りに御意志を伝えましょう」無理強いはしない。

二の膳三の膳つき料理を運ばせ、芸者こそよばね、女中をからかい、とんと道楽息子の遊山旅行。一方、事務所に連絡をとり、金たりぬと訴え「そっちの情況はどうです」とたずねながら、金せびる以上玄人っぽい見通しも口にしなければと、昼間出会った議員、医師会会長、公民館長などの、あまり好意的ではない態度を伝えた。また、昼間立ち寄った集会で、土建業者の一人が、「はじめは日の出の勢いでしたが、少し鈍って来ているような感じです、ここで頑張らなければ」と、実はだから金を寄こせという謎だったが、雄二「まったくその通り」と、他人ごとのように形勢分析をし、この分ではよくいって二位、まあ三位が順当なところでしょう、酔っているから座の白けたことに気づかず、さらに父が政治家には向いていないあれこれ、細かいことにこせこせするし、性格も冷たい、体だって丈夫じゃない、こきおろして、自分はただ子供だから仕方なくやっているんだといわんばかり。

「大体こんな馬鹿なことは、まあインテリにゃ向いてないねえ」宿にもどると、選挙制度から地方の選挙気ちがいをこきおろし、まあお祭みたいなもので、そういや昔もよくいた、ふだん町内のきらわれ者、家族にも見はなされているのが、お祭というとしゃしゃり出て、神輿《みこし》の先導をし、お神酒《みき》所につめかける、あれと同じことじゃないか、悪口雑言《あっこうぞうごん》たたいて、名刺代りに渡す金も惜しくなる。三万を二万、一万は五千円に減らし、いわばピンはねの分を別のポケットに入れ、当選の可能性が消えたのならもう寺はこりたから、また東京へ舞いもどる、これはその生活資金。金は経理担当者がとりしきり、父に直接いわずに済むから気楽、次ぎ次ぎ持って来させ、明日はいよいよN市に入るとなって三十万円余禄があった。

思った通り、事務所に当初の賑いはなく、身内の者だけつめていて、それが戦場からもどった指揮官かこむ如く、雄二をとりまき「どんな風です、田舎の方は」「いやあ、ずい分頑張りましたねえ、スケデュールを見てびっくりしました」ねぎらいつつ、いずれも少しでも希望的な情報耳にしたいとよくわかる。雄二ことさらわけ知り風に落着き、「ここだけの話だけど、二位に入れば善戦じゃない？　やっぱり組織、地盤にはかないませんよ」と答えると、一同うなずいて、「まあしかし、今度は準備不足だったから、次回の小手調べというところでいいんじゃありませんか」早くもあきらめきった口調の者もいた。

選挙当日、こちらに住民登録してないから、一票投ずることはできず、ともあれ強行軍だったし、夕方までぐっすり寝て、吉川、加藤を連れて父の馴染みの料理屋へくりこみ、さんざどんちゃんさわぎしたあげく、芸者引きつれ、県庁内の選挙管理委員会へ、即日開票分をたずねに昼を待たずに、翌日、あった。ると、のぞみを持たせるためか、三者とも二千五百票と掲示してあった。翌日、昼を待たずに元代議士の当選がきまり、予想していたことだったが、雄二気落ちし、父は誰かれなく、「身の不徳のいたすところ」と頭を下げ、慰労会を開いて幕。

兄がまたもどっていて、遊説隊の二人に、十五日分の日当として五千九百円を渡し、「もう少し色つけてよ」冗談の如くいうと、「これは法定費用で決められているんだ」けんもほろろに答える、何いってるんだ、いくら病院が手を離せないとはいえ、期間中顔出ししなかったくせに、選挙についてなら、自分の方が努力したと自信があり、いいかえそうとした鼻に「雄二、お前馬鹿なことをしゃべってまわったそうだな」「なにを」「選挙戦最中に、とても駄目だっていいふらしたっていうじゃないか。自分たちが必死になってるのに、候補者の息子があれじゃ、張り合いがないって、ずい分文句が来たんだぞ」それだけではない、料理屋で口にした選挙ボス愚弄の弁も、せまい土地だから筒抜けだし、父の悪口のべたこともいっさい露見。「親父は落ちたことだし、愚痴になるからとだまってるが、どこまで頼りにならない奴だって、怒っていた」そして最後に、「金だってどうなったものかわかりゃしないしなあ」うそぶき、雄二逆上したが、すべて身に覚えのことばかり。両親に合わす顔がなく、「まったく勝手なもんだよなあ」二人に強がりいって、これ以上悪事露見してはと、夜逃げの如く汽車に乗り、東京へ向かう。

三十万円あれば、アパートを借りて、やはり最上の道は学校へもどること、六年生の一年間みっちりやれば、なんとか目処がつくだろう、部屋代五千円食費四千五百円交通費六百円書籍文具費千五百円酒煙草は月に三千円におさえてと、細かい予算を立て、一月一万五千円でおさえれば、一年半はもつ。フランス語がおくれているからアテネ・フランセに通い、辞書をそろえ、古道具屋で机茶簞笥火鉢から、デパートめぐりして調理の道具を求め新世帯の如く飾り立て、さて大学の構内へ入ると、さすが顔見知りはいなくて、しかも学生の服装顔つきさえ、人種がちがうように思える。つまりさらに女子学生が増え、また男子もめっきり学生服が減って派手な身なり、芝生に男女入り乱れ寝ころんでしゃべる風景など、しごくアメリカ風なのだ。大先輩のくせに怯えが先きに立ち、しかしなんとか欠席せず教室の最後部に坐る内、「紀伊国屋でお目にかかりましたわね」と声をかけられ、見ると髪を肩まで流した眼の大きい女子学生、たしかにその原書売るコーナーで、読めもしないのにうろうろしたことはあったが、女に覚えがなく、「私、バイトしてましたの、たしか二度くらいいらしたわ」「そうですか、ぼくはちょっと」うるさがるような口調で答え、「私、近眼でよく見えないんです、あの端は何て書いてあるのかしら」女、なおなれなれしくたずね、「いちいちとらなくても、この先生の講義のノートなら借りて上げます。どうせ十年一日の如く同じことしゃべってるんだから」と先輩ぶる。

そのまま一緒に図書館わきのベンチへ坐り、雄二急に饒舌となって、六年でまだ卒業できない理由は、同人雑誌に熱中していたため、しかし、やはり大学は出ておいた方が得だからこの一年で全単位修得するつもり、こんなことは学問じゃなくて一種の手続きなんだからと、いきがれば、女子学生いちいちうなずき、「私は家貧乏やから、とてもそんな風に青春たのしめないけど、お邪魔でなかったらいろいろ教えて下さい」つぶらな瞳でひたと見つめるから、有頂天になって新宿でお茶でもとさそったが、今日は家庭教師勤めなければならぬと断られ、しかし丹羽世津子英文科三年と名乗って、「明日は十時から詩学です」またの逢う瀬約束するようにいった。

加藤は、ちいさな弱電メーカー宣伝部にもぐりこんだが、与えられる仕事といえば、夏にそなえ海の家を借りる下調べや、ダイレクトメールの宛名書き。吉川は東京に見切りをつけ、田舎に引っこみ公民館に勤務。他の同級生でも名の通った会社に勤めるのは一人もなくて、消息うかがいようもない。

あわてる乞食は貰いが少ない譬《たと》え、二年のおくれなど大したことはないと、かつてふられた女子学生より、はるかに美しく思える世津子と知り合ったのも幸運のしるし、ぎりぎりまで追いつめられると、逆に運が向いて来るのだと一人決めし、予算外のズボン、ポロシャツを求めた。

翌日から毎日教室で顔を合わせ、聞けば気の毒な家庭の事情、父が破産して行方知れずとなり、母は生命保険の外交を勤める、「大学へ通える身分やないんやけど」向学心止み難く仕送りいっさいなしで上京、あらゆるアルバイトでこれまでしのいで来たという。「そら危い時もあったわ、ウエイトレスいうから勤めてみたら、お酒の相手させられたり、下宿の主人に口説かれたり」貧乏は辛いと、気のせいか荒れて見える指を、しみじみながめ、雄二自らの来し方責められているようで、「そりゃえらいなあ、しかし、若い内の苦労はきっと先きで報われるよ」老人めいた言葉を口にし、「そうかしら、私は苦労なんかせん方がええと思うわ、どないしてもひがみっぽくなるし、いやらしい根性身について、いやな女なってしまうのちゃう？」「そんなことはないよ。でもまあ心配なら、これから困った時いってくれれば、少しくらいなら都合できるし」父の地位をつげ、「今度は参議院出るらしいけど」その威光を借りて、何とか世津子の意をむかえたい。

「えらい身分ちがうんやねえ、同じ教室にいても」「身分なんて、親父は親父、ぼくはぼく」少し毅然たる風情も見せ、食事にさそうと変哲もないレストランだったが、久しぶりと眼を輝やかせ、「変なこというて笑いはらへん？」「変なことって」「やめとこうかな」気をもたせたあげく、「パンばっかり食べてたらね、バターもつけんと。栄養失調いうんかしら、メンスがなくなったこともあるわ」さすが頰を染めてつぶやき、雄二は、そこまで打ちとけてくれたかと、ひたすら鼻の下がのびた。

そのまま居酒屋を三軒まわり、酔った世津子をタクシーで戸塚へ送る途中、難なくキスかわして、さらに乳房まさぐると拒まぬ。娼婦以外の女の胸に、はじめてふれ、ブラジャーの感触の、ただ固くごわごわするだけだったが、素肌にふれる勇気はない。気がつくと、世津子の指が雄二の脇の下でもぞもぞ動き、「男の人も、こうやるといい気持なの？」甘えるようにいう、男の人もという以上、世津子は感じているのだとわかって、一層がむしゃらにもみしだき、あるいはと胸が高鳴ったが、下宿の近くで世津子気をとり直し、「御馳走さま」一声さけんで、せまい路地に駆けこんだ。

兄は、将来開業するつもりで、その資金を嫁の実家に頼るべく、縁談は降るほどあるらしいが、えり好みをして未だ独身。ここで先き駆けし、世津子のような美人と結婚すれば、少しは見かえせるのではないか。世渡りの計算ずくで嫁を探すのにくらべれば、はるかに清らかだし、貧しくたって、金で愛情を買えるものじゃない。雄二、世津子との結婚を夢想し、ひょっとすると父だって、えらい美人を見つけたと見直すかも知れぬ、二人そろって両親の前に手をつき、許し求める姿を思いえがき、世津子さえよければ、この部屋でとりあえず同棲してもいい、その方が安上りで、朝は二人手をたずさえ登校し、夜は、連れ立ち銭湯へ出かけ、早く上った方が、表の電柱の根方に待つ。指に残るブラジャーのさわり偲びつつ、その脚をまともに見たことはないが、きっとモンローのように、やわらかく暖かくやさしいにちがいない。自分をくるみ包みこんで、ゆるやかに揺れ動くのだろう、その感触が肌に伝わる錯覚さえあって、一人もだえつづけた。

他に取柄はないから、金で関心買うと、そうはっきり意識したわけではないが、まだ珍らしいナイロンブラウスを贈り、栄養失調じゃ困ると冗談めかし、精いっぱいおごり、ポオを専攻すると聞けば、原書を集め、映画芝居観たことがないそうで、歌舞伎座演舞場に案内、朝起きて寝るまで世津子が念頭から去らず、しかし同棲はとても切り出せぬ。他に男友達はないようだが、またのくちづけ期待して居酒屋にさそっても、「無駄づかいよしましょ、それより私、旅行してみたい」といわれると、胸が高鳴り、浅間山か蓼科《たでしな》か、旅行案内ひもとく方に心がせく。みるみる貯えが減って、夏休みは世津子大阪へ帰省し、雄二一人所在なさ持てあまして、他に誰一人知人はいないのだ。

そして、秋になり、いよいよ売り食いの他なく、まだ見栄は張っていたのだが、まるで見すかした如く、世津子アルバイトが忙しいと、さそいを断り、それでも三度に一度は、喫茶店に同行し、いかにもよそよそしい素振り見せたが、面と向かえば心変り責めることもできず、第一、お互い愛を告白しているわけではないのだ。ことさらさりげない早慶戦の予想や、映画スターのスキャンダルを話題にし、なすすべなく別れて、あれこれ想像するが理由つかめぬ。ついにくわしく説明しないそのアルバイトを調べてみようと、授業終った後、尾行すると、思いがけず丸の内のホテルに入り、外人の事務所らしい横文字記したドアに消えた。しずまりかえった雰囲気に怯えて、いったんアパートへもどり、そういえば、近頃世津子の身なり派手やかになったと気づく。タイピストでも勤めるのか、せめて横文字たしかめてくればよかったと悔やみつつ、こうなるなら早くものにしておくのだった、いや、これからでも遅くない、暴力に訴えたってといきり立つ。

翌日は教室に出ず、ホテルの前で待ちかまえていると、世津子あらわれて、今度はいささか勝手心得ているから、その吸いこまれたオフィスのドアに近づき、しげしげと文字をながめ、オートマティック・ミュージカルとまで読んだ時、雲つく毛唐の大男が出て来て、早口の英語でどうやらとがめ立てしている様子、立ちすくむ雄二の肩を押し、入口をしめすから「エクスキューズミイ」「パードンミイ」反射的に詫び言が口をつき、夢中で逃げ出す。世津子はラシャメンになったのかと、古めかしい言葉が浮かび、なお立ち去りがたく、ホテル見守るうち、六時過ぎて、大男と世津子があらわれ、テイルのぴんと張った車に乗って走り去った。まさかと打ち消す気持が強かったから、夢見ているような按配。有楽町のバアへ入り、飲むうち腹が立って来て、あのミッドウェイ海戦で、わが方の、爆弾と魚雷の交換が、もう少し早く完了してさえいれば、戦争は勝っていたかも知れぬ。ミッドウェイ、ハワイを占領し、蘭印からの石油を確保して、アメリカ本土空襲だって夢ではなかった、ロッキー山脈山麓に落下傘降下し、サンフランシスコ、ロスアンジェルスを制圧し、もしそうなっていたら、俺も陸軍中尉くらいで、占領作戦に参加していたろう。金髪女を片端から手ごめにしてと、凶暴な妄想を追い、果てはまたモンローにいたって、青年将校である自分に、ハリウッドの女優が想い寄せても不思議はない、ねっとりまといつくその肌ざわりを思い、ようやく胸がおさまって、しかし、勘定に持ち金が足らず、上衣をかたにとられた。

酔いがさめると、アメリカ本土進攻など、屁の支えにもならず、もはや教室に出る気はなく、これまで世津子にひかれて、勤勉に出席、試験さえ受ければ、六年のことでもあるし、良の単位貰えることは確実だったが、年末まで閉じこもったきり、やがて売り食いの種もつきると、後は二月分の敷金だけが頼り、アパート解約申し入れ、いっそ都落ちを心に決めていた。

何のあてもないまま、東京駅から西へ向かう夜行列車に乗り、さすが心細く、ひょっとして東京の洋裁学校へ通う金持の娘が、隣に坐らないか、仲良くなって、なにも年の瀬にあてもない旅をすることはない、家で正月過ごしはったらなど、いってくれないかと、さもしい考えを抱き、かなえられるはずもなかった。

世津子の生家は寝屋川にあり、それがどの方角にあたるのか、見当つかぬが、まだ、未練があって、そのあたり徘徊するうち、ばったり帰省した世津子に会うかも知れぬ、「そんなん、えらい誤解やわ」甲高く笑って、打ち消しはしないかと、気持動いたが、辛うじて踏みとどまり、駅前闇雲に歩いて、貧相な宿に入る。なれなれしい女中の大阪弁が耳ざわりで、あれこれ問いかけるのに返事もせず、すぐ床をとらせ横になったが、先き行き思うと夜汽車の疲れどころではなく、安普請だから物音筒抜けで「何んや知らん陰気な人やで、学生いうてたけど」「気イつけや、年の暮に自殺でもされたらかなわん」女の声が伝わり、自殺？　誰がと不審に思う先きに、わがことと合点がいき、起き上って、錆の浮いた鏡見れば、たしかにまばらな鬚《ひげ》、油っ気のない肌、急に老けこんだ感じだった。死んでたまるかと、笑いとばしたいが、このまでは女中の疑念が暗示となり、ふらふら首でもくくりかねず、わざわざ帳場へ出かけ、新聞を頼み「寒いね大阪も、ははは」空元気を見せ、さて一面、三面に関心はなく、眼はつい求人欄におもむき、これから一生新聞広告だけ頼って生きるのではないか、不吉な予感が胸に浮かんだ。

「シナリオライタ、図案家募集、経験無き方も歓迎」ライターとのばさず、また図案家も古風な表現、なにより経験無き方とはどういう意味か、かりにも文学部に籍置くのだから、絨毯《じゆうたん》セールスや箔《はく》押しアルバイトの募集より、この奇妙な広告が気に入り、場所も梅田新道とあって、近くらしい。ふところに六千円しかなく、切りつめても宿には四日しか泊れぬ、善は急げと起き出し、風呂を頼めば「さあ、入れるやろか、よんべのままやけど」汚れてるくらい何でもない、とびこんだら、昨夜火を落したままなので、まったくの水。

がたがた震えつつ鬚をそり、たずねあてた先きは「いろは館」なる木造の建物、陰気な室内にびっしり机が並び、蝶ネクタイにジャンパー姿、和服の女と、服装も雑多なら、白髪の老人から少年まで、年齢もまちまちな男女がうごめき、「あの、PDプロダクションはこちらですか」手近かの一人にたずねると「ピーデー？　さあな、ピーデーさんていてるか」大声でよばわり、すると片隅から「はいはい」返事が聞こえ、小男が立ち上った。

新聞を見て来たと、雄二の自己紹介するのを制し「ここはどうも落着けんよって、珈琲でもどないです、大してうまないけど」ひょこひょこ歩き出し、髪の毛がやたら豊かで、それをべったりオールバックになでつけ、ひきかえ唇もとはしわが寄り、三角眼の、一言でいって貧相な印象。「申しおくれました、時岡いいます」名刺をさし出し、その肩書きにPDプロダクションヨン、ピーピングマシン、映画製作、録音代行とあって、いずれも雄二には見当つかぬ。「さよか、東京の大学の文学部卒業しはったんでっか、そらそら」ばれることもあるまいと、詐称したのを、時岡深くうなずき「小説でも書かはるのやったら、そらええ勉強なりまっせ」ひと膝乗り出して、説明をはじめ、PDはすなわちペーパードラマの略で、紙芝居のこと。近頃、街頭TVが増えて、子供に見はなされたが、これを大人向けに切りかえようという目論見《もくろみ》、「お色気のある絵と説明でですな、飲み屋をまわるんですわ、こらうけますで、飲んでるときは、ふだん真面目なお人かて、助平になってるし」舌なめずりしつついい、時岡の眼はひどく鋭く光るかと思えば、商人のように柔和に変って、小柄ながら、雄二気圧される。ピーピングマシンは、デパートの屋上や遊園地に置くもので、十円入れると、カラースライドが二十枚観られる、もちろんヌード写真で、この機械は、別の資本家が所有し、時岡はスライドを提供する。映画製作と大きく出たのは、結婚式葬儀七五三の式次第を八ミリカメラにおさめるものだし、録音代行は、近頃多い民放の素人出演番組を、ラジオで録音し、出場者にテープを売りつけるからである。

雄二が聞いても、いちいちお話としては面白いが、あまり金もうけとは結びつかぬ感じで、生返事していると「まあ、他にもありますけど、おたくにはさしあたって、ペーパードラマの筋立てをおねがいしたいんですわ」子供向けなら、継子《ままこ》いじめ、母子もの、チャンバラ、冒険譚、怪談とおよそ筋が決まっているが、お色気になると、いろいろ工夫こらさねばならぬ。「なんといいますか、現代ものですな、今いる連中にまかせたら、金色夜叉みたいな絵描きよるんですわ」「現代物というと、たとえば、大学生とファッションモデルの恋みたいな」「それ、それでんがな、いやあ、よろしいな、フワッションモデルねえ」時岡感に耐えた如くいい、雄二いくらかいい気持になって「ジャズシンガーと外人パイロット、教師と女学生、バンドマンと有閑マダム」出まかせを並べる。「ほな頼みますわ、実は待ってますねん、絵描かせたら仕事早いねんけど、とんとお色気の方があかん奴で」水に流されるようなもの、先きのことは考えず、時岡の後に従い、市電に乗って、都島とある停留所で降り、ごみごみした家並み分け入り、文化アパートと名のみ仰々しいバラック建ての二階。ベレーかぶった男が二人、絵具皿画用紙ボール紙の散乱する中で、焼酎を飲んでいる。「お待ち遠さん、ようやく来てくれたわ。シナリオライタの先生」先生と紹介されておどろく暇もあらばこそ「ほな頼みます、何やったかいな、フワッションモデルでいきましょか」せっつかれて、「しかし、紙芝居というのは大体何枚で一組になるんですか」間を持たせるためたずねると、ベレーの一人、人の好さそうな笑いを浮かべ「まあ、いいとこワンストーリー五分でしょう、つづきものってわけにゃいかないから」思いがけず東京弁で答え、一枚二十秒として、十五カット必要という。「花やかなライトを浴び、女性の溜息と羨望のまなざしを浴びるファッションモデル世津子も、ステージを降りれば人知れぬなやみがあるのだった」雄二は、やけくそでストーリーをでっちあげ、それはつまり世津子を土台にして、金のため男に抱かれなければならぬモデルの哀歓を切々とつづったもの。「いやあ、やっぱり文学部やねえ、ええなあ」時岡感じ入り、ベレーの二人はストーリー聞き終るなり、一人が線をえがき、一人が絵具ぬたくって、ひどく毒々しいながら一時間たらずの内に仕上げ「この酔うて犯されるとこな、もうちょいどないかならんか、ズロースまる出しにするとか」時岡の注文に、文句もいわずすぐ応ずる。つづいて野球選手と女子学生、大学生とウエイトレス、いったんコツがわかると、雄二これまでさんざ見聞きして口惜しがった男女のとり合わせを、そのまま説明すればいいわけで、しごく簡単な作業、暮れるまでに四組仕上げる。おどろいたことに、えがいた二人がそのまま演じるらしく、時岡のメモした筋書きながめつつ「いけません。許して、それだけは、ああ、お母さん」落花狼藉の女の台辞を、ひどいだみ声でしゃべりはじめたのだ。しかもそれは、紙芝居特有の抑揚で、感情もなにもあったものではないから、「もう少し、悲しそうに、眼に涙いっぱいためてる感じで、『オカアサン』と」つい口を出すと、「おたくいけますやないか、放送劇みたいや、ええなあ」時岡がまた賞讃し、いっそ自分でやってみたらとすすめられたが、さすがその勇気はなくて、あられもない台辞を口うつしに教え、自分が作ったとなると、やはり迫真の演技で、表現して貰いたい気がした。

流しと同じで、特定の客の注文により演じ、他がのぞきこんでもそれは只、三巻セットで百円の料金、二人が自転車に乗って出かけた後、時岡はあらたまって「ストーリ一本百円でどないやろ、安いけど、まだ始めたばっかしやさかい、軌道に乗ったら色つけます」当分はネタ増やすために、一日五、六本考えて欲しい、これがうまくいけば、自分はあたらしいもっと才能生かす仕事も考えてるからとしたり顔にいい、「どこかアパートないですかね、今、宿屋にいるんだけど」「そら勿体ない、この部屋に寝たらええわ、あの二人悪い男やないし」すぐ立ち上って、押入れをあけ「布団勝手に敷いて下さい、ここ私が借りてんねんから」男世帯は汚ないもんやなと、急にぶつくさつぶやき、ごみを拾い灰皿の吸殻を捨てた。

ベレーの東京弁つかう方は、吉野といって、軽演劇の美術部にいたのだが、その下火となって大阪へ流れたもの、もう一人は高田で、油絵を志し挫折したという、互いの素性くわからぬが、そろって酒好きだから気が合い、正月五日まで休みの内に北や南案内されて、雄二も地理を心得、お色気紙芝居けっこう受けて、ただ絵の方は露骨になるばかり、春画に近い一枚がまじらぬと、満足しないらしい。「雄二さんに頼みあるねんけど」時岡が、喫茶店へ雄二をよび出し、それは、ピーピングマシンのスライドも、ただヌードでは能がない、男と女から み合わせ、筋立てのある方がよろこばれやしないかというので、「私、前から見こんでてんけど、雄二さん、いっちょ出馬してくれませんか」紙芝居もスライドも同じようなものと、うなずいたら、今度はストーリーではなく、その男役を演じろというのだ。「雄二さん、ええ体してるし、男前やもん、そら迫力出るわ。役者なれまっせ」シナリオライターから今度は俳優と見こまれ、どぎまぎするより、毒皿の心境、また、どういう女が相手でも、紙芝居のようなシーンを演ずるなら、興味がないでもない。「チャップリンみたいなもんですわ、シナリオ演出それに演技するねんから」時岡しきりにおだて、すでにスタジオも借りてあるという。

二人に相談すると、「ちぇっ、差つけやがったな、俺じゃ駄目だってのかあ」吉野が口惜しそうにいい、「なかなかええ子ですわ、スライドのモデルはん」高田もうらむやから、雄二乗り気となり、自ら二枚目に仕立てたストーリーを考える。さて撮影の当日、時岡は行李二はいの衣裳を用意し、甲斐甲斐しく着付けを手伝い、相手役は少し肥り気味だが、二十二、三顔立ちのはっきりした女で、スタジオへ入るなり、するする脱ぎはじめるのを、「今日はちょっとこちらと芝居して貰うねん、上衣だけとっといて」時岡にいわれ、びっくりしたように雄二をながめるから、雄二、自分では相手不足と臍《へそ》曲げられないか心配になる。

三脚立てた上に、古ぼけたカメラをすえ、照明カメラマンすべて時岡が引き受ける、「ほないきましょか」あっさりいって、雄二うかつなことに、大道具小道具を必要とする筋立てを考えていたから、ガランとして椅子しかない中でうろたえ、ようやく傘を借りて、まず相合傘で学生服の雄二、セーラー服の女の歩くシーン。肩を抱き、キッスを迫り、いやがるのを羽交い締めにし、進行するにつれ、眼の前に見る女の肌は荒れているし、顔立ちも化粧でごま化すだけとわかったが、スカートに手をかけ、その太もも半ばまで露わにした時、顔よりはるかに若々しい脚で、ふとモンローを連想し、今自分はモンローに襲いかかっているのだと思いこんだとたん、ぎごちなかったポーズが、スムーズに決まって、女にも雄二の変化伝わったか、あえぐように唇半ば開いた表情、真に迫る。「よろしいなあ、ばっちりですわ」終ると、雄二汗みずくになっていて、女、心を利かせ、濡れたタオルをさし出し「新劇関係のかた?」とうれしがらせた。

しかし、道具がなければ変化のつけようなく、武士と町娘のからみ合いを撮った後は、これまで通り、女一人のヌードで、撮影を終え、「私、ファインダーのぞいてても、興奮してきたわ」時岡がいうと「凄い力で抱きはるから痛かったわあ」女も媚態をしめす。

とにかく一つ仕事を為し終え、しかも賞讃されたことなど、これまで経験がないから、雄二心底満足で、まさか大阪のデパートの屋上のピーピングマシンを、肉親知己がのぞくわけもない。マシンの持主も新趣向を気に入って、殺風景なスタジオより宿屋を利用すればいい、小道具代も奮発すると申し出て、週に一度は、雄二俳優となり、また録音代行、映画製作、けっこう忙しくとびまわる時岡の助手も勤め、月三万五千円の収入になった。ペーパードラマは、色気あり過ぎればその筋がうるさいし、少なければ酔客に弥次り倒され、逃げ手は、証拠になる絵よりも台辞で、刺激すること。夜おそいから、午前中いっぱい寝て、丁度陽ざかりに起き出した吉野に高田「ああいい、もっと、ねえ、強くして」切ない女の声色を真似、いずれも不思議な世渡りにはちがいない。

半年、大阪で過ごし、すっかりその水になれたのだが、突然ピーピングマシンの相手役、通称ヨッちゃんがアパートへとびこんで来て「雄二さんすぐ逃げて、あんた刺すいうてんねん」藪から棒に物騒なことをいい、その表情引きつっているから、冗談ではない。「どうしたの」「すいません、私が悪いねんけど」ヨッちゃんしどろもどろに語るところでは、以前から悪いヒモがついていてヌード写真撮らせることは承知だった。しかし、昨日、退屈しのぎにマシンをのぞき、あろうことか自分の女が、男に抱かれ恍惚の表情浮かべているから、怒髪天を衝き、ヨッちゃんを問いつめ、いくらあれはお芝居といっても聞き入れぬ、「あほんだら、嘘や芝居であんな顔でけるか、あらやっとる、それくらいわからんと思てんのか」男はどこのどいつやとなぐり蹴倒し、最後までシラきり通したが、必ず時岡を締め上げ、雄二のもとにあらわれるだろう、「なんし、芝居とほんまの区別もつかん人やから、済いません」首うなだれつつ、表の一寸《ちよつと》した物音にも怯える。

逃げるといっても貯えのあるでなし、とりあえず二人アパートを出て、時岡に連絡したがつかまらぬ、その夜木賃宿へ泊って、当然のように一つ布団に二つ枕、これまでさんざからみ合い、お芝居ではなくお互いの昂ぶりたしかめあった仲だが、それだけに間が悪くて明方まで寝ず「みんな私が悪いんです、こうなったらもうあのお仕事もでけへんけど、雄二さん、最後に抱いてくれへん」蚊の泣くような声でヨッちゃんがいい、雄二いじらしさが募って、「ぼくも、好きだった」心中道行の二人のようにからみ合い、ややもすると、「わあよかったわ、すごい迫力や」時岡の声を意識しそうだったが、必死にモンローのイメージをかき立てて、のめりこんだ。

「もう、私、あの人のとこ帰らへんわ」ヨッちゃんがつぶやき、「ぼくと、どこか遠いとこで暮そうか」雄二もこのまま置き去るには忍びなくていうと、「ほんま？」「嘘じゃないよ」一人より二人の方が、どこへ落ちのびるにしろ気が強い。朝の内に雄二アパートへもどり、二人に事情説明し、ずらかる旨つげると、「東京へ行きなさいよ、ぼくの友達でラジオの台本書いてるのがいるからさ、勿体ないよ、あんたの才能」吉野が紹介状書いてくれ、「TVが普及するまでの命ですよ、こんなもの」紙芝居の絵を顎でしゃくり、雄二よりはるかに先きを見ていた。

五千円の餞別まで恵まれて、雄二と、ヨッちゃんこと助川善枝東京へ向かい、なれた土地だからやはり心がはずむ、「やっぱり、ピーピングマシンよりラジオの方が世間体がいいものねえ」もはや、台本書きになったつもりではしゃぎ、善枝は新妻よろしくひたと寄りそう。吉野の友人は、ディスクジョッキーのライターで、紹介状見せると、「ぼくはまだ弟子とるほどの身分じゃないけど、コント書くつもりなら、立川先生の工房がいいんじゃない」その工房は、学生サラリーマンが集まって、コントを競作し、先生の選に入ると、放送されてギャラも貰える。雄二も聞いたことのある放送作家誰彼の名をあげ、いずれもその出身で、いわば名門。その足で青山にある事務所訪ねれば、PDプロとは雲泥の差、クリーム色の瀟洒《しょうしゃ》な建物で、派手やかな色どりの若者が出入りし、気圧されたが、後にはひけず、受付に工房入門を申し出ると、

「丁度、二階でやってますからどうぞ」気易く階段をしめした。

「次ぎのテーマはアレルギー、現代の生活の中には、各種のアレルギーがある、単に蕁麻疹《じんましん》起

すだけじゃない、女房アレルギー、デモアレルギー、ノイローゼよりもう少しあたらしい語感なんだな」立川先生らしき、中年小肥りの男が説明し、後の椅子に坐ると、事務員が三百字詰めの原稿用紙を前に置いた。「少し抽象的でむつかしいかも知れないけど、アレルギー的風潮に鋭い諷刺を加えて」雄二何のことやらわからぬが、一同筆を走らせるから、原稿用紙を見つめていたが何も浮かばぬ。十分ほどすると紙が回収され、一人がそれを読み上げる、「『青酸加里飲んだらよう』『どうした』『蕁麻疹ができた』」一同どっと笑い、雄二一人きょとんとしたまま、「『ひどいのよ、水道工事が終ったらね』『ええ』『ガス台から水が吹き出した』『まあ、大変』『癪《しやく》にさわったから、池の噴水にしちゃった』」これも入選で、次ぎ次ぎ披露されるコント、たしかに洗練されているし、いずれも突拍子もない発想で、とても真似できたものではない。

げんなりして、こっそり帰ろうとすると、「ずるは駄目だよ、今日は大掃除の日なんだから」一人にいわれ、また腰を下し、アレルギーを最後にコント教室は終って、「ぼく、これから本番なの、このつぎやるから」「俺、台本届けるんだ」と、皆抜け出し、残ったのは年長のサラリーマン風男たち。「売れっ子は仕方ありません、我々だけでやりましょう」禿《は》げた一人が、雄二にいい、「奥さんに庭の草むしり命令されてるんだけどなあ」ぼやくから、「ぼくやります」買って出る、草むしりなら寺でなれていた。

十坪ばかりの、以前芝生だったのだろうが、雑草おい繁って荒れ果てたのを、丹念に抜きはじめ、コントよりこの方が性に合っている、庭掃除の手伝いでもして生活できないものかと考え、あらかた終って事務所へ入ると、誰もいなくて、しかも乱雑なまま、物はついでと片づけはじめ、モップはあったがいちいち雑巾がけをして、宿で心細く待つ善枝を思えば気が気ではない。明日からまた求人広告を探さねばと、思い定めた時、「君は掃除がうまいねえ、不思議な人だなあ」立川先生が声をかけた。

「禅寺にいましたから」「へえ、お坊さんなの、うちにも一人いるよ」「いえ、そうじゃないんですが」大学文学部出ていることをつげると、「変ってるなあ、まあ、変人でなきゃコントやシナリオは書けないけど」やさしくいい、「出入りが多くて、すぐ忘れちゃって失礼だけど、今のお仕事は？」「無職です」「でも食べられるの？」「いいえ」「ふーむ、ますます気に入ったなあ、実はさっき草とってるところを、ぼく観察してたのよ、実に丁寧なんだなあ。どう、うちで働かない？　ぼく自身の秘書ということで、暇にコントの勉強すればいいし」ぎりぎりになると運が向いてくるのは本当らしく、雄二よろこぶよりびっくりして、だまりこくったまま、「どう？　食事でもしない？　ぼくの仕事説明しとくから」立川先生が神様に見える。

事務所にマネージャーや女の子は数いるが、いずれも遊び半分で気が利かない、だから雄二に、自分側の連絡係となって貰いたい、勤務時間は不規則で、行動半径も広いから大変だろうが、君ならできる、あの草取り一つ見てもぼくにはわかるんだと太鼓判を押し、出勤するのは事務所ではなく、雑司ケ谷の仕事部屋「ここは局の人間も、マネージャーも知らないんだから、君だけに教える」勿体ぶって案内し、二つある鍵の一つを渡した。

見ず知らずの自分をどうしてそう信用するのか、まあたしかに悪事たくらむ甲斐性のないことは確実で、こういうのを芸術家の直感というのか、狐につままれた如く、しかし、月給前渡しとして二万円貰ったから、とりあえず三畳一間くらい借りられるはず。部屋探しを善枝にまかせ、朝早く出勤すると、仕事場も足の踏み場もない汚れようで、午前中かかって掃除し、だがこの日先生は現れず、翌日、九時に出ると、今度は待ち受けていて、「おそいなあ、この原稿をすぐ事務所へ届けてくれ、明日録音の分なんだ」分厚い袋を渡される。いわれるまま赤坂へ向かったが、ここは事務員出社してなく、玄関前に三十分待ち、ようやく受付の女が来たから渡すと、「悪いけど印刷所へ運んでくれない？　私手が離せないのよ」地図を教わり、青山の老人が一人でガリ版切る家へ運ぶ。帰るとまた不在で、ぼんやりと過ごし、夕方鍵しめるところへやって来て、「これから録音だ、ついて来たまえ」机の上のカメラ、ストロボの電池、台本原稿用紙辞書の入った鞄、喫茶店で台本書くための画板、糖尿の気味とかで煎じ薬の入った魔法瓶いっさい持たされ、スタジオには工房の連中待ち受け、雄二を奇異の目でながめる。おどろいたことに、同級生の一人がどうもぐりこんだか、ディレクター助手を勤め、「何やってんだお前」乞食の引越し風そのいで立ちじろじろ見るから、「立川先生のマネージャーだ」「あれ、町田さんじゃないの?」正規のマネージャーすぐ横にいたから、へどもどし、「まあその助手みたいな」答えるのがやっとで、ストロボの電池も鞄もしごく重くて、歩くだけで息が切れる。

先生は録音に際し、いちいちわが勇姿をカメラにおさめさせ、喉が乾くと魔法瓶届けさせる。工房の連中は、とにかく自分のコントが役者によって演じられるのだから、胸を張っていっさい手伝わず、マネージャーはディレクター、役者と談笑してこれまた雄二を無視した。ちょこまかねずみの如くうろついたあげく、「ぼくは芸術家諸君と飯を食うから、君、仕事場へ荷物届けてくれ」終った後、先生はコント作者とたのしげに笑いながら引き揚げ、「たいへんだなあ、お前も」同級生に同情されて、虚勢張る気力もなかった。

先生は、雄二を、草むしりの丁寧さに、誠実な人柄几帳面な性格を見出し、秘書に登用したのではなく、田舎者特有の、正直の上に馬鹿のつくタイプと見こんだので、しかも真の役目は別にあった。つまり工房に集まるタレント志望の若い女を、先生が気に入り、うかつに手出しすれば、誰の口から女房に密告されるかも知れぬ、その連絡係を負わせたので、用にかこつけ事務所へおもむかせ、「須藤君て知ってるだろ、君がさそい出したようにして、九段の喫茶店に連れて来てくれ、いえばすぐ通じるから」須藤は、まだ女子大生でラジオタレントを志望し、研究生として工房に通う。はじめは恋の仲立ちも悪くないと、いわれるままにし、事務所の者は、てっきり雄二の恋人と見たらしく、「ほら、彼氏がおむかえよ」須藤によびかけ、さすがタレントの卵らしく、体ごと雄二にとびついて来たりする。

先生はしきりに人眼をはばかり、逢い引きの場所をそのつど変えて、やがては「十時に代々木の喫茶店にいてくれないか、おそくなって女の一人歩きは危いから、後で君がエスコートして」何のことかと思えば、千駄ケ谷で休憩した後、先生は須藤の家まで送れないから代行しろというのだ。いかにも情事の後のようなうるんだ眼つきであらわれる須藤を引っ立て、タクシーに同乗して田園調布まで送り、なれると須藤はあけすけに閨《ねや》のことを口にし、「先生少し変態じゃないかしら、風呂場とかトイレとか、妙なとこでするのよ」といって、「雄ちゃんも、そういうの好き?」たずねる。好きもきらいも、善枝は家事いっさい不得手で、しかも、大阪にいる時派手に遊びまわっていたし、三畳一間に閉じこもりっきりが耐えられず、それなら映画でも観にいけばいいのだが、根っからの大阪育ち、こわくて一人歩きできないのだ。だから雄二がもどるととびついて来て、あのヒモに怯えながら初めて枕かわしたと同じ激しさで求め、何もしないからめっきり脂がまわって、いかにモンローを追い求めても、雄二ふるい立たぬことがしばしばだった。

同じような明け暮れがつづき、いくらかコントを書きたい気持もあるのだが、暇もチャンスも与えられず、また、先生の鞄持ちしているから、マネージャーが眼の仇にし、その原稿のおくれるのも、須藤としけこんで行方不明になり録音に間に合わぬと大さわぎするのも、すべて雄二の責任の如くいい、「先生のことは全部やってもらおうじゃないか、こっちは工房の世話で忙しいんだから」ラジオに加えてTVが全盛期をむかえ、工房は常に活気づいていて、雄二よりはるかに若い連中が車を乗りつけ、画面にしばしば名前が出た。草とりさえしていなければ、自分もあの仲間に加われたかも知れぬ、後悔の臍《ほぞ》を嚙み、しかしもう不可能だった。

須藤は先生の恩寵を笠に着て、人もなげに振舞い、その、下手なのに役にありつくのも、須藤に熱上げている雄二が、先生に頼んでいるからと、見られていた。そしてコント作家たちは、雄二が先生のスケデュールを勝手に決め、だから、近頃その指導にもあらわれぬと考えるらしく、雄二を見る目は、しごくよそよそしいのだ。

二年経って、まだ鞄運びだったが、何度も通えば、局や代理店に顔馴染みもできて、つい現在の立場をこぼすと、皆異口同音に「よく辛抱してるよなあ、立川さんとこは、たいてい一年ともたないんだから」感心し、そういわれると、コント作家たちも、少し名前の出たとたんに独立し、マネージャーも以後二人かわっていた。「あそこでしごかれりゃ何だって我慢できるよ、雄ちゃんその気があるんなら、どっか紹介しようか」親切にいってくれる者もいたが、雄二、文学部にこだわるわけではないが、やはり原稿用紙に字を書いて生活したい、吉野の「才能あるよ」といった言葉が忘れられず、「ディスクジョッキーの仕事をしたいんだけど」希望をいうと、まさにTV時代で、ラジオは音楽番組ばかり、しかもベテランがTVに移ったから、すぐ台本まかされ、懸命に書いたから評判がいい。

善枝はらんでいて、三畳では手狭だし、給料は二万以上鐚《びた》一文上っていないから、この収入は貴重で、他にも手を出し、夜の目も寝ずに書きつづった。放送ライターなら、兄にも顔向けできる、選挙以後音信不通のままで、東京へもどった時、住所を知らせたが、母から丹前が一枚送り届けられただけ。しかし今に見ろ、有名な作家になってやると意気ごんだが、先生はジョッキーに手を染めたことを聞きつけると、「君はぼくの秘書だよ、秘書が原稿書いちゃ困るなあ、第一、ぼくの名前にもかかわるだろ、妙な作品書かれては。やめてくれよ、お金が欲しいんなら、上げる。どっちをとる?」膝詰談判され、いっそライターになるといい切りたかったが自信はない。月給三万貰った方が生活安定するにちがいなく、筆を折り、この頃から須藤は仕事部屋に入りびたり、同衾《どうきん》の跡はっきりうかがえるベッドの始末をし、水洗便所に浮かんだルーデサックを指で拾い上げ、汚れたパンティまで洗濯させられる。

打ちひしがれると、必ずモンローがあらわれ、このベッドは、モンローが寝て乱れたのだと思うと、不愉快さが失せ、ルーデサックも、パンティも、モンローにかこつければ、いやな気持がうすれるのだ、俺は今、マリリン・モンローの身のまわりを始末していると思いこみ、するとスカートから太もも半ばあらわにした姿が浮かんで、やさしく包みこまれる如く、むしろいそいそとあたりを片付けた。

ある時、先生はミュージカルの台本を頼まれ、ドラマは得意でも、作詞が苦手、さんざん苦吟したあげく「雄ちゃん、君たすけてくれないかなあ、文学部なんだろ」前言ひるがえして頼み、それは現代のロミオとジュリエット、バルコニー代りにビルの屋上で、ジュリエットの面影偲びつつロミオの唄う歌。「作詞ができりゃ君、強いよ、もし雄ちゃんに才能があるんなら、いくらでも推せんするけどなあ」いわれて、考えこんだが、一行もまとまらず、作詞家になれるとは思わぬが、しかし、後にひくのも業腹《ごうはら》、手立てはないかと考え、同級生で以前詩の同人雑誌に加わっていた男がいた。現在、保健所に勤めると聞いていたから電話かけると、なつかしそうに応答し、「実は今、放送の方やってるんだが、少したすけて貰いたくてねえ」先生に聞いた通りの情景説明すると、「歌詞なんてやったことがないけどなあ、どうせ暇だから」自嘲気味にいい、今は狂犬病予防注射の通知を、発送しているところだといった。明日までと時間をきり、「明日?」「詩人だろ、頑張ってくれよ、ひょっとすりゃこれが縁で、流行作詞家になれるかも知れない」はげますと、「うーむ」うなり声上げて、彼も現在から脱け出したいにちがいない。

翌日、午前中に落ち合って歌詞を受けとり、「風にへこんだアドバルーン、浮かんでる夢のきれっぱし、真昼の月が白いのは、あなたの瞳が遠いから、あなたの瞳が遠いから」以下四番まであり、いかにもぴったりの歌詞だった。すぐさま雄二自分の作の如くして先生に見せると、「こりゃいいなあ、天才的じゃないか、おどろいたなあ、草むしりだけじゃないんだねえ」賞められて、別にうれしくはないが、鼻をあかしたことで気分よくし、先生はこれを主題歌にミュージカルを完成させた。「作詞料いくら欲しい」というから、「いや、どうぞお使い下さい」きっぱり断り、「じゃ御好意に甘えて、この詩はぼくのものにさせて貰う」先生厳粛に念を押したのは、放送と同時に、主題歌のレコード吹きこみがきまり、後で印税をごたごたいわせないためだった。

やがてこの歌は持てはやされ、雄二そば屋で、聞いたことのある歌詞だとTVを観ると、有名歌手が、せつせつと唄っている、奴も聞いているかなとはじめ気にもとめなかったが、あれから何の挨拶もしていない、あるいは怒っているのではないか、菓子折でも持って事情説明にと、のんびりかまえるうち、ことは大事になり、つまり詩人が立川を盗作者として、著作権協会に訴えて出たのだ。寝耳に水の報らせ受けた先生、てっきり雄二の仕業と怒り狂い、それならいくらもいいくるめることができるから、「気ちがいでしょ。天地神明に誓って他人の作品など使いません」はっきり断言したので、なお紛糾し、夜更けに先生、雄二のアパートへあらわれて釈明を求める。

はじめ今更あれは友人の作でともいえず、言葉を濁していたのだが、五体わななかせて怒る先生の気迫に打たれ、「実は、同級生に詩人がいたものですから、気楽に頼んで」いったとたん平手打ちがとび、「ぼくの芸術家としての生命は終った、君は恩を仇でかえしたのだ。君のしたことがどんなに一大事であるか、わかっているのか」さんざ怒鳴りちらし、「とにかくよくやってくれたよ、まあ、お礼は後でするから」やくざっぽくいって、いったん表へ出たが、すぐとってかえし、「しかしねえ、これくらいで、へこたれやしないぜ、ぼくは」唇ゆがめてにやりと笑った。

先生は、詩人に手をついて謝り、公表しない代りに、作詞者として世に出るための、あらゆる援助を惜しまない、もちろんレコード印税著作権使用料はすべて渡すと約束して、詩人も立川の名声知っているから、手を打ち、すぐ二作目を発表し、これがまた前作を上まわるヒットとなって、たちまち作詞界の寵児となったのだ。

もはや、仕事場に足踏み入れることはかなわぬから、むしろもっけの幸い、少し手がけたディスクジョッキーが好評だったし、ライターを本気で志そうと、局、代理店まわったが、一足早く先生が立ちまわっていて、雄二を盗作者ときめつけ、それだけではなくて、金をつかいこみ、やたらタレント志望の女に手を出したと吹聴、工房出身のライターもこの話を肯定し、さらに尾鰭《おひれ》がついて広まり、雄二見うけると「あんた、立川さんの女房くどいたんだって」やら

「何人くらいものにしたの」ディレクターが興味津々といった態でたずね、仕事貰うどころではない。

乳呑児をかかえて生活の手立てなく、ようやく青山の孔版屋に頼みこみ、同じ字を書くので
も、原紙に鉄筆走らせて、一枚八十円、いずれも原稿は工房出身、そうでなくとも雄二と同年
のライターのものだから、文字を追いつつ歯嚙みする思いだったが、子供のミルク代には代え
られぬ。一日坐りづめで鉄筆をにぎれば、肩も腰も石のように固くなり、善枝はますます肥る
ばかりで、按摩《あんま》するなどとても気がまわらず、雄二はそういう時、ひたすらモンローの笑い顔
を思い浮かべた。「バスストップ」、「お熱いのがお好き」と、映画も観たが、なまじ動かれる
と、ましてスクリーンの上とはいえ、相手役がいると、イメージが損われ、すぐに出て、雄二
のえがくモンローはあの帝国ホテルで写された姿だった。高々と組んだ脚の形よみがえらせる
と、ひどくなごやかな気持になり、半ば開いた唇、半月形の眉、かすんだような瞳どの一つと
っても、常に新鮮で、浮世の凶《まが》ごとを洗い流してくれる。

さらに二年経ち、ひょいと気がつくと、忘れもしない先生の筆蹟が眼の前にあり、読むとマ
リリン・モンロー礼讃の朗読詩。あんな奴にモンローがわかってたまるもんか、腹が立ち、手
いっぱいだからと突きかえすつもりが、しかし他へまわれば、やはり電波に乗る、いっそ自分
の文章とすりかえたらどうか、五分番組だから、録音に立ち会わぬはず、放送されてしまえば、

こっちのもの。あらためて、原稿よく読むと、随所に「いとしのモンローさようなら」「モンローよやすらかにねむれ」とあるから不思議で、あたかも弔辞の如く、「マリリン・モンローどうかしたのか」善枝にたずねると、芸能週刊誌だけはよく読んでいて、「知らんかったん、睡眠薬のみすぎて死なはったんや、かわいそうにねえ」けろっという。

「モンローが死んだ?」雄二ふらっと立ち上り、死んだと聞いたとたん、あれほど鮮かによみがえったその笑顔や姿態が、まるで死体のたちまち冷えきるように、ぐんぐんうすれて、追いすがるように眼をこすり頭ふり立て、モンローだけが生きる頼りだったのに、いや、俺だけがモンローの本当の美しさ、やさしさを知ってたのに、どうして死んでしまったのか、断りもなく。せめて、夢枕に立ってくれてもいいじゃないか、これから俺は、何を頼りに生きるんだ、ああモンローと、物狂おしく髪をかきむしり、「あんた疲れてんねんわ」善枝だらしなく横坐りのまま見上げる。

「モンローが死んで、この世からやさしさが失せた。モンローが死んで、この世からぬくもりが失せた。モンローが死んで、この世からほほえみが失せ、モンローが死んで、この世はとわの闇にとざされた。だけど、かわいそうなモンロー、いつもお前の心は冷えきっていたのだろう、いつもお前の胸は悲しみに満ち、お前の瞳は涙でくもり、お前の唇はあえいでいたのだろう。だからこそお前は、あんなにもいたわり深く、同じように悲しく冷めたい世の中の、憐れな同類にほほえみかけていたのだ。暗さをひめたものだけが、もっとも明るく輝き、そして、悲しみをいだくものだけが、もっともやさしく唄う。燃えつきてしまったモンロー、すり切れてしまったモンロー、与えることだけしか知らなかったモンロー、さようなら」

雄二はつかれた如くに書き、すぐ鉄筆きしらせて原紙を切った。しかし追憶のモンローなんかあり得ない、この地球に生きているから、モンローだったのだ、その肉体が滅びると共に、思い出も記憶も失せてしまう、そういう女だった、今更、立川に代って追憶の言葉を電波に乗せても虚しいと気づいて、原紙破り捨てる。善枝も赤ん坊も今はあらわな敵意をもって、自分をながめているように思えた。

死の器

ベルにビニールテープを巻きつけてあるから、ジジジと、おけらの鳴き声のような、電話のコールだったが、睡りこけていたヤソ、とび起きて、受話器をとった。「清水商会さんでしょうか」女の声が、ふるえ気味に伝わる。「さようでございます」「あの、おねがいしたいんですけど」ふるえはさらにひどくなり、これはべつに珍らしいことではない。「かしこまりました、どちら様の御紹介で」「ショ、紹介がないと、駄目なんですか」「いえ、そのようなことはございませんが、私どものことを、どうしてお知りになったかと思いまして」

女、一瞬だまりこんだが、「主人が、会社の上役の方に、教えていただいて」まあ、しかしこれはどうでもいいことだった。なにか無駄口しゃべり合えば、先方だって、用件を切り出し易いだろうと、これも思いやりのうちなのだ。

「御病人は、肉親の方でいらっしゃいますね」「はい、主人の母なんです、もう寝ついて十年近くなりまして」「それは御苦労でございました、さぞお疲れでしたでしょう」「ええもう」ヤソには、電話の向うの、女の表情がはっきり判る、声のふるえはとまっていた。

後は、この長い年月、寝たっきりの姑《しゆうとめ》の世話をして、いかに辛い思いをしたか、綿々とこぼしはじめ、ヤソは、適当に相槌《あいづち》を打つ。「主人がこのたび、神戸の支店長に内定いたしましたの、でも、母がおりましては、とても一家そろって任地へ移るわけにまいりませんでしょ。

私と子供はこちらに残って、主人だけ単身赴任すると申しましても」「そりゃお困りでしょうねぇ」「栄転でございますのよ、神戸支店長は、重役コースの最短距離といわれておりまして」まだしゃべり足りなそうな、女の愚痴とも自慢ともつかぬ、いや、結局は、清水商会に主人の母を委託することの、弁解なのだが、その長話をさえぎり、ヤソは、女の住所と、何日《いつ》迎えにいけばいいかをたずね、「助かりましたわ、今日というのも何ですから、明日いかがでしょう」「承知しました、後のことは何も御心配いりませんですから」「お婆ちゃん、かわいそうなんですけど」ことが決まると、女、今度は涙声になったが、ヤソ、かまわず電話を切った。

清水商会といっても、看板かかげているわけでなし、ひょんなことから、臨終まぎわの老人を引き取り、その最後の世話を、家族にかわって行うという、奇妙ななりわいに足ふみ入れ、「こりゃつまり何だな、死に水屋とでもいうのかな」大家であるガカさんがいい、死に水がなまって清水になったもの。依頼して来る連中にとっても、死に水屋では、いかにもミもフタもない感じ、いい気持はしないだろう。

ヤソは、女の住所と、迎えに行くべき時刻を黒板に記し、壁の穴を抜けて隣の部屋へ入った、廊下のいたるところ、腐っていて、うっかり踏み抜けば、一階へストレートに落ちてしまうのだ。誰がどの部屋と、決まっているわけではないが、この清水商会に、現在六人の男が住んでいる。正式には西北荘といって、三十年ほど前まで、れっきとした旅館だったのだが、今は、一種の下宿、しかし建物の外見をみれば、まずここに人が棲みついていると、考える者はいないはず。

周囲は、武蔵野の面影色濃く残した、雑木林で、風致地区の指定を受けているから、ブルドーザーのひびきも、ここまでは伝わらず、西北荘のすぐ前には、かなり大きな池があって、湿原植物が群生し、尾長、山鳩、小綬鶏《こじゆけい》、椋鳥《むくどり》、カワラヒワ、ヒヨドリ、百舌《もず》、紅連雀、ホオジロなど、一年を通じて、野鳥の姿が絶えぬ。

西北荘の前身は旅館だが、さらに昔は、料理屋であって、建てられたのは、大正の初期、当時このあたりは、東京市民にとって、まったくの草深き郊外、杖をひく風流人を相手に、池で獲れる鯉や鮒《ふな》の料理を提供していたのだ。昭和に入って、周辺に住宅が建ち、電車が開通すると、旅館、といっても、男女密会の場所として利用され、戦時中は軍需工場の寮、その後、アパートとなった。ほぼ六十年を経た木造二階建て、手入れがよければ、むしろ風雨にさらされて浮き出た木目は、今時、文化財ものだが、下宿に変って以後、大家のガカさん、ただもう風化にまかせて、どこがどう破れ朽ち果てていると、指摘しはじめれば、きりがない。

まともな部分は何一つなく、しかし、木造の、それが長所なのだろう、いかにも自然にとけこんでいて、おどろおどろしい印象は、うすいのだ。池のほとりから、十段ほど、木で土止めしただけの傾斜を登ると、西北荘の玄関に至る、戸はなくて、ぽっかり洞穴《ほらあな》の如き、その内部をのぞけば、左手に、きわだって白く輝く、風呂桶があり、周囲にベニヤの板切れが何千枚となく積み上げられている。

板切れは、選挙のポスターを貼るためのもので、落選した候補、口惜しまぎれに放置したのを、拾い集めて来たのだ、もちろん、これは風呂の燃料として用いる。

正面に廊下があって、とにもかくにも太古は料理屋、左に並ぶ部屋の障子の木組み、欄間《らんま》のこしらえは、しごく凝っているのだが、ほとんど何重にも貼り重ねられた新聞紙におおわれ、庭に面した硝子《ガラス》戸も、気まぐれに板おっつけてあるが、まずは風の出入りしごく自由、廊下の手前と突き当りに、二階への階段が、昔はあったのだが、今は、梯子《はしご》がおぼつかなくかけられている。

屋根瓦三分の一ほど残っているが、あってもなくても同じようなもの、ルーフィングやキャンバスを十二単衣《ひとえ》風に重ね着させ、漁村の如く石でとめ、壁のくずれは、多分、日中友好の会で、飾りつけたのだろう、厚い板で裏打ちされた五星紅旗、またブリキの交通安全標識、広告板など、色あざやかにつくろい、建物の周囲に数十本の、突っかえ棒があって、これもよく見れば、でたらめに立てかけただけ、どれほどの支えになっているのか、疑わしいのだ。

大家のガカさんは、本業が絵描きで、この近くの地主の家に生れ、若い頃、パリに留学、ダダイズムの影響を受けて帰国、軍隊に三年とられて中国を転戦、敗けてからも絵の才をかわれ、二年とめおかれ、ようやく戻ってみれば、農地改革で、田畑失った両親、昔、道楽半分に建てた西北荘の家賃でかつかつ食っていた。息子の顔を見て安心したのか、相ついで亡くなり、後は気楽な大家稼業、敗戦間もない頃で、古びてはいても、この頃の西北荘は、とびきり上等の、アパートだった。生活費は、部屋代でまかない気ままに絵筆ふるって、だが、ダダの気風抜けきれず、一匹狼では、なかなか世に認められぬ。自分の作品を、アパート中に飾り、これが静物、あるいは裸婦ならば、眼の保養にもなろうが、きわめつきのシュール、満月に眼があったり、女の股倉《またぐら》から林檎《りんご》の樹が生えていたり、さながら悪夢の如くで、買い手もつかず、名も上がらず、そのうち、世の中落着いてくると、住人が入れかわった。

何分、雑木林のまんなかにあり、春は鶯《うぐいす》、夏は螢と風流なことは、すなわち不便で、気の利いた連中は、都心のアパートへ移り、得体の知れぬ独身者が、ひねもすとぐろをまき、これはこれで、パリの屋根裏の雰囲気とよく似ていたから、ガカさん苦にもせず、部屋代とどこおって、催促しない。

金に困れば、先祖伝来の骨董などを処分し、生活はなんとか支えられたのだが、十年前、飛蚊症《ひぶんしょう》となり、これは、眼の水晶体の、漿液《しょうえき》が濁り、ゴミのようなものが、視界を妨げる病気、注射で治るのだが、ガカさんは、ボウフラのような、また精虫の如き、水晶体内のゴミの、眼の動きにつれ、ふわふわと漂うさまに、興味をいだき、はじめてリアルな筆づかいで、これを写したのだ。しかし、こんなものを、いかに写実に画いても、他人に感動は与えにくい。

　大家が好人物と聞き伝えて、詩人画家学生犯罪者革命家が、勝手気ままに出入りし、ガカさんいっさい気にとめず、飛蚊症の写生に熱中し、この姿はかなり奇妙なものだった。ふつうに外を見ていたのでは、ちらちらとうるさくゴミが、邪魔するだけ、明るい方へ眼を向け、眼球固定させて、しばらくすると、焦点があい、その形がくっきり浮かび上がる、また電球を眼に近づけると、瞼《まぶた》を閉じても、ゴミの浮遊が見分けられた。

　ありゃ気が狂ってると、噂が定まり、そして、全然手入れしない西北荘は、雨が洩り根太が抜け、橋の下の方がまだましの有様となって、残ったのはヤソとオス、それに三文と呼ばれる三人、後にオコツとポリスが加わり、これが清水商会のメンバーなのだ。

　四年前、建物のあまりな荒廃ぶりに、福祉事務所の男があらわれ、もし生活に困っている者がいるなら、保護法の適用を申請すると、申し出た、当時、ヤソは病院から出る汚物を処理する会社に勤め、オスはガードマン、三文は、少年劇画のプロット屋で、ガカさんに部屋代も払っていた。心配無用と答えたのだが、男は話好きで、自分の仕事の苦労を物語り、「やっぱりこういう、といっちゃ失礼だけれど、バラックに住んでる老人が、受持ち区域に三人いてね。頑固なんだなぁ、絶対に適用をいやがる。布団はごわごわだし、煮炊きは今も七輪でね、足腰立たなくなってるのに、強情張ってるんだ」その気持、判らないでもないが、それぞれ肉親はいるのだ、しかし、なまじ強情なのがたたって愛想づかしをされ、「一人ぼっちで死ぬのは、やはりさびしいもんだと思うよ、肉親でなくても、誰かに死に水とってもらいたいのが人情さ。俺も気にして、見まわってはいるんだけど、そう時間もないしねぇ」男の言葉を聞いて、ヤソが膝を乗り出し、「そりゃかわいそうだなぁ、どうせ暇はあるんだから、時々、話しにいったげようか」真面目にいったのだが、「とてもとても、むっつりだまったままで、とりつく島もないよ。ただね、ひっそり死なれちゃうと、後味がわるいだろ。せめて、臨終間近かと判ったら、医者に連絡くらいしてやりたくて」

「医者呼んだって仕方がないだろ、おざなりにカンフル射って、脈がなくなりゃ、お気の毒ですって頭下げるだけのことさ」「そりゃまぁそうだけどね、俺が一人付き添ってたってはじまらないし、第一、気味がわるいよ」男、ぶるぶるっと頭をふり、腰上げかけるのを、ヤソ引きとめて、その老人三人の住所をたずねたのだ。

「財産なんてまるでないよ、金は受けとらないから、俺が米や罐詰をこっそり届けてるんだ、もちろん自腹切ってるわけじゃないがね」ヤソの下心勘《かん》ぐるように、つけ加えた。「ちぇっ、仏様の枕探しするとでも思ったのか、あいつ」ヤソが苦笑してつぶやき、その日の夕方、ふらっと出ていったが、翌日、老人の一人を背中にかついでもどり、「どうせ、部屋は空いてるんだから、いいだろ」ガカさんの返事も待たず、一階のはずれに寝かせたのだ。夜勤のオスが、丁度もどったところで、「どないするつもりやねん」たずねると、「せいぜいもって、明日明後日だよ、この爺さん、ひどい肝臓障害をおこしてる」「無茶やで、そんな病人かついで来るのんは」「でもさ、少しくらい死期を早めたとしても、一人ぼっちであの世へ行くよりはいいだろ。ちゃんと爺さんにも断ったんだ、どうだい俺んちへ来ないかっていったら、うんうんてうなずいてた」

「本当かねぇ」まったく意識のない老人の、黄色くこわばった表情ながめて、オスがつぶやき、だが妙なものを担ぎこんだと、とがめる色はまるでなく、むしろ逆で、自分の毛布をかけてやり、部屋へもどって、ふつうなら欲も得もなく寝入るところを、なにやら気になるらしく、しきりにのぞきこむ。

ヤソはまた、まったく手なれた感じで、時に脈をはかり、すっかりむくみのきた足をなでさすり、老人が口あえがせると、ガーゼに水ふくませて、唇にあてがう。はじめ無関心装っていたガカさんも、「そのごわごわの寝巻きじゃいけないねぇ、たしか羽二重の襦袢《じゅばん》があったなぁ」処分しようもない、古着のつまったつづらから、亡き母親の遺品ひっぱり出して、着替えさせる。老人の体は、全身湿疹におおわれていて、今さらおっつかないことだが、ヤソは軟膏を塗り、「よくまぁ我慢したなぁ、この爺さん。さぞ辛かったろうに」老人の住いは、葱《ねぎ》畑の隅のバラックで、釜に残っていた飯は、まだ腐ってなかったから、意識失うまで、自炊をつづけていたのだろう。ヤソがのぞきこんだ時は、布団から身をのり出し、痩せおとろえた胸だけ、激しく波打ち、一晩、できるかぎりの看病したあげく、西北荘へ運び込んだのだ。

「後で文句いわれへんやろか、家族の人に」「いうわけないだろ、早く死にゃいいと思ってんだから」「それでも、いちおう連絡しといた方がええで」オスは、福祉事務所の男に事の次第をつげ、伝言を頼んだのだが、すぐかけつけた男は、「明日、子供の授業参観日なんだそうだ、その仕度があってすぐにはいけないって」吐き捨てるようにいった。

「授業参観の仕度て、何しよるねん」「きまってるじゃないか、美容院へ行くんだよ」ヤソ、むしろ楽しそうにいい、「われわれで死に水とってやればいい、その方が爺さんだって浮かばれるってもんだ」

福祉事務所の男は、老人を病院へ入れるつもりだったが、ヤソたちの甲斐甲斐《かいがい》しい看護ぶり、また、どう手当てしても長くはないと、素人にも判るその死相を見て、考えを変えた、入院させたところで、行路病者扱いなのだ。

老人は、ヤソの見込みより長く生きて、一週間後に息をひきとり、その間、息子が一度だけあらわれて、何とも名目のつきにくい金一封三万円也をガカさんに渡し、「万事よろしくおねがいいたします、後ほどまた参ります」逃げるように去った。「尊属遺棄《いき》罪ちゅうような法律はないんか」オス、ふんがいしたが、何分、老人の方が息子夫婦との同居を嫌ったのだから、いたしかたない。

三文、器用に枕経を誦《ず》し、野辺の送りの手続きは、いっさい福祉事務所の男がとりしきって、めでたく老人は骨になったのだが、息子夫婦、これを取りに来るでもなく、空き部屋の棚に安置し、「何かこうありがたい仏様の絵でも描いてくれないかなぁ」ヤソにいわれて、ガカさん、どことなくシュールな感じの、仏陀涅槃図《ぶつだねはん》を仕上げ、壁に飾り、ここを仏間と名付ける。この時はまだ、まさか死に水屋になるつもりはなく、ただ、老人の初七日、総勢五人が、仏間に集って酒汲みかわした時、ヤソの、老人看病する手ぎわのよさから、その前身をオスがたずねると、素直に告白し、すでに立ち腐れ寸前の西北荘に住みつくくらいだから、お互い七曲りの経歴を背負うはず、これまで誰もしゃべらず、また問いただす野暮もいなかったのだ。

ヤソは、有名大学の医学部出身で、専攻は外科、インターンを終え、国家試験にも合格して、母校に残り、そのまますすめば、今頃はかなりの規模の病院で、副院長格、「まぁ、月給三十万に、庭つきの家くらいあてがわれていたろうなぁ」「なんぞ失敗したんか」「失敗っていえば失敗だけど、アルバイトに救急病院の宿直をやった時、酔っ払っちゃってね」宿直の夜、酒を飲むのは、ごく当り前のことで、ヤソが特にだらしないわけでもないのだが、偶然に、むつかしい患者が、その宿直に運びこまれ、たてつづけに三人殺した。「はじめは交通事故でね、追突した車の助手席に乗ってた男が、フロントグラスに顔を突っこんだんだ。他はどうってことないんだが硝子の破片が、顔一面に突刺さっているから、ピンセットで一つ一つ抜いてね、そのうちどうもおかしいから血圧をはかると、ゼロなんだなぁ、破片に気をとられて、出血にまで頭がまわらなかった」次ぎは、胃穿孔《せんこう》の患者を、胃痙攣《けいれん》と間違え、痛みどめの処置だけして、放っておいたら、腹膜炎を起して、あっけなく死んでしまい、三番目は赤ん坊の腸重積の手術をしたところ、患者が特異体質で、ショック死。「手術の前に、バリュウムを入れるとか、マッサージとか方法はあったんだが、なにしろ腸重積の手おくれが頭に残ってたからねぇ、一も二もなく開いちゃったんだなぁ」

「そらヤソは、よくよくの藪《やぶ》医者やで」オス、あきれ果てたようにいったが、「救急病院の宿直医は、大体、俺みたいなもんさ、血液型の検査もできない奴がいるしね、要するに三人は不運だったんだよ」後で考えれば、そう納得できるのだが、当時はすっかり自信をなくし、酒を飲んでいたことが悔まれる、「しかし、なお酒を飲まないことには、メスがにぎれなくなっちゃってね、いくら医者が足りないといっても、酒臭い息で手術場へ入ったんじゃ、しめしがつかない。大学病院を追い出されて、日雇いみたいに、場末の病院を転々としたあげく、とても俺には向いてないと見切りをつけたのさ」経歴を隠して、看護夫となり、せめて患者の世話をみるのが、罪滅ぼし、だが、ここでも酒がたたって、長続きせず、現在の汚物処理業にもぐり込んだのだという。「それやったら、病人扱うのんがうまいのは当り前や」オスがいい、「実をいうと、わしも人を殺したことあるねん、罪になるようなこととちゃうけど」あらたまった表情で、「せっかくヤソがしゃべってくれてんから、懺悔《ざんげ》しますわ」

オスは高校時代、柔道の選手で、二段まですすんだのだが、対校試合の際、相手のしかけた技を、押しつぶした拍子に、その首の骨を折ってしまったのだ、「そらもういやな気持でねぇ、今でもグシュッと大きな音したんが耳についてはなれへん」顔をしかめ、「それだけとちゃうねん、大学で、もう柔道はこりたから、応援部へ入って、三年の時や、合宿中に一人死によってん、炎天下の駈足《かけあし》がわるかったらしい。わしが主将になったばっかしで、しごきの親玉みたいにいわれたわ、もちろん退学や」その後、ぐれて暴力団に近づき、キャバレーの用心棒や、債権の取立てを行い、「そやけどこんなことしてたら、いつまた人を殺さんならんかも知れんやろ、怖ろしなって足洗うてん、指二本つめられたけどな」左の、みじかい小指と薬指を見せた。

「類は友を呼ぶというんでしょうかねぇ、私は、それほどはっきりした人殺しじゃないんですが」ふだん口数の少ない三文が、しゃべりはじめ、「人殺しはきついいわれかたやなぁ、わしべつに殺そうおもて、なぁ、ヤソかてそうやろ」オス、悲鳴の如くいうのに、「失礼しました。たしかに考えれば、私のしたことの方が、罪深いかも知れません。私はこれでも、以前、小説を書いておりました、いくらか認められて、先き行き少し望みの生れた時、妻が腎臓を患いました」三文の収入だけでは食えないから、繊維問屋にパートタイマーとして勤め、この病気、むくみがひくと痛くもかゆくもないから、つい絶対安静を、半ばで切り上げ、働きはじめて、こじらせたのだ。

「ありゃ怖い病気ですねぇ、定期的に、人工腎臓で、血液中の老廃物を洗い流さなきゃならない、これはひどく金がかかるんです」

医療費を、稼ぐために、安い原稿料で春本まがいの文章から、少女漫画のストーリイ、雑文を書きなぐり、本筋の小説を手がけるゆとりはまったくない。「もともと才能がなかったんです、しかし、私は、つい妻に当りました。本来ならこんな雑文を書かなくてすむとか、筆が荒れて、もう使いものにならないとか」そのつど、妻はうなだれ、涙をこらえていたが、いったん機能を失った腎臓は、どのようにしたって、元にはもどらないのだ、「私の言葉が、妻を死に追いやったのです、妻は人工腎臓を使用中、自分の血管に刺さった針を抜きとり、自殺しました、どうか立派な小説を書いて下さいという、書き置きがありました」

しかし、この枷《かせ》を背負って、小説書きつづけるほど、三文はタフでなく、さらに落ちこんで、今は少年漫画雑誌の、たわいないクイズの案を引き受け、時たま、劇画のプロットを書くなりわい。「どうして、あんな残酷なことをいったか、われながら不思議な気がします、あれはもう、死ねと強制したも同じです」三文、涙声となった。

「まぁ、いいじゃありませんか、この仏さんの死に水とったことで、十分、罪は償われていますよ」酒に酔うと、ひどく上機嫌となるガカさんが励まし、「福祉のお方、こういうわけだから、まぁ、せいぜい身寄りのない、あるいは肉親に捨てられた老人があったら、ここへ運んでいらっしゃい。この三人が、面倒みますよ」アハハハと高笑いした。「いやいいお話をうかがいました、俺だって、過去にうしろめたい記憶をもつ男です」福祉事務所の男、芝居がかってつぶやき、「俺は、以前、警察官でした、自分としては、忠実に職務を遂行しただけのことですが、結果的には、二人、殺してしまった」盛り場で、ケチな車荒しの現行犯をつかまえたが、この男の母親が病身で、息子の逮捕にショックを受け、急死し、これはまだしも、二人目は、かっぱらいを追いつめたら、地下鉄の軌道伝いに逃げ出し、眼の前で電車にひかれたのだ。「どっちにしろ、見逃せばそれですんだことでした。いずれ同じ結果になるにしても、いかにも寝覚めがわるく、せめて罪滅ぼしに福祉事務所へ入ったのですが、この関係の法律も冷めたいところがあって、悩んでいたのです。しかし、老人の死に水をとるというのは、疑いもない福祉的行為です、何となく一条の光明を見出したように思える」「そうそう、死に水とるのは後生《ごしょう》をよくする、こりゃ間違いない」ガカさん、すっかり酔ってヘラヘラ笑っていたが、彼にも、口には出さないが、傷跡はあるのだ。

両親いずれの臨終にも、酒に酔いつぶれていて、間に合わず、飛蚊症と診断され、放置しておけば失明同然になると判った時、ふとこの罰が当ったのかと、考えたことがあった。あえて注射を拒み、水晶体内のゴミを写すのも、罪の償いの意味がないでもない、ヤソの担ぎこんで来た老人の、臨終に際しあごを激しくわななかせ、白眼むいて虚空《こくう》見すえたその表情、不思議にはっきり網膜に写り、父や母も、これと同じようにして息引き取ったのかと思うと、妙になつかしい気持となり、やがていっさいが静まった後、半開きのあごに手をそえて、死顔をととのえてやった。

偶然というか、あるいは吹き溜りに吹き寄せられて来る者なら、必然的に同じような過去を背負っているのか、お互いこの夜をさかいに打ち解け、そして誰もが、さらに死に水をとりたい、とることで気持が楽になると、福祉事務所の男の言葉ではないが、前途に光明見出したように思ったのだ。

といって、残った二人の老人に早く死ぬよう催促もできぬ、そのうち、前歴からポリスとあだ名の決まった男、西北荘に引越して来ると、老人福祉の現状を説明し、生活保護の適用を受けて、ほそぼそと暮す年寄りがいくらもいる、週に一度、ヘルパーが巡回し、身辺の世話をするのだが、とても手がまわらず、ひどい時は全身糞まみれになっていたり、薬罐《やかん》を空《から》だきして、出火寸前、あるいは一酸化炭素中毒でふらふらになっていたり、「もし、暇があったら、私設ヘルパーというかな、たずねてやってくれると、そりゃ喜ぶよ。頑固な三人組、いや、今は二人だけど、あの連中とちがって、みんな寂しがりやだからね、ヘルパーが帰る時は、おいおい泣き出すんだから」

「養老院へ入ったらええやろに」オスがいうと、「今の老人には、先天的といってもいいほど、養老院に対する拒絶反応があるんだな。刑務所みたいに思えるらしい」「じゃ、ここへ連れてきたらどう、部屋は空いているし」ヤソの言葉に、ガカさんもうなずき、「生活扶助の金がついてるんだから、なまじっかの下宿人よりゃ確実だ」高笑いする。

しかし、これは思い通りに運ばず、まことにみじめな一人暮しなのだが、いくら誘っても動こうとはしないのだ、「私はここで死なせてもらいます、この年になって、今さら引越しなど面倒臭い」けんもほろろに断り、仕方なく、五人交替で、暇のある限り、老人たちを訪問し、なれて来れば、それぞれに個性的なぼけぶりとのつきあいも、楽しいものだった。

ある老婆は、ふいっと娘時代にもどり、「今月の新派はいいんだってね、早く前売買わないと、なくなっちゃうよ」三文に切符を買うよう命じ、ありあわせの紙を渡してやれば、満足する。そして器用に花柳や喜多村の声色《こわいろ》を真似、どの着物を着ていこうかと、はしゃぎ立てるのだ。そうかと思うと、ヤソを息子と間違えた老人は、しきりに大学の受験を心配し、「慶応ならなんたって理財科だなぁ、あすこなら間違いはない、それで物産にでも就職できれば、いちばんいいんだが。父さんは昔から、慶応が好きでね、坊ちゃん学校といっても、教授がしっかりしてるからなぁ」しみじみ、いいきかせるようにいう。「ザイモクへ行こう、ザイモク」と、まわらぬ舌でくりかえし、オスの手をひき立て、表へ必ず出る老人もいた、「ザイモク」の意味が判らず、出まかせにバスに乗り、二つ目の停留所で降りて、「ここがザイモクですよ」つげると、「あー、変っちゃったねぇ、焼けたから仕方ないか」あたり見渡して満足し、これが毎度のこと。

後で判ったのだが、老人の妾宅が麻布材木町にあったのだ。いずれも、以前は、かなり裕福な暮し向きだったらしく、いったいどういう不幸な成り行きで、三畳一間に追いこまれたのか、たずねてみても、まともな返事はかえってこない。

年中、ぼけているなら、これはこれで幸せかも知れないが、正気にもどることがあり、この時は、しきりに体の苦痛を訴え、老人たちはみな背中をかゆがった、またぶつぶつとよく聞きとれないが、人を呪うらしく、すさまじい形相となり、うかつに手を出そうものなら、ピシャリと、思いがけない力でひっぱたかれたりする。

「世話するのはいいけど、どうも身につまされちゃうなぁ、こっちもおっつけああなるのかと思うと」いちばん年長のガカさんが、ダダイストらしくもない弱音を吐き、「いや、本当に安楽死が認められりゃ、お互いたすかるような気がするんだけど」ポリスがうなずいた。

「また人殺しする気ィかいな」「そうかぁ、人殺しにはちがいないか」「しかし、我々はもう、殺しちゃってるんだからな、生きててもみじめなだけなら、楽にしたげてもいいんじゃないか」ヤソがつぶやいた。「ぼくはまだ医者の資格を持ってるしね、ここの医師会に入ろうかと思うんだ」「外科医にもどるんか」「いや、外科と限ったことはない、産科を除けば、何を手がけたっていい。あの老人たちの主治医になったって、べつに地元のなわばりを荒すことにはならないだろ、もうかる患者じゃないんだから」ヤソの考えでは、この西北荘を、身寄りのない老人たちの、死に場所として、提供したい。「今のところは、病院がそれに当るな、癌《がん》の末期の患者など、とても自宅ではもてあますから、死期が近くなりゃ、病院へ移す。家族がみとってくれるなら、それでいいけれど、そうじゃなければ、手続きとして、入院させるだけだ。ポリスのいうように、行路病者と変らぬ扱いを受ける」

病院はもともと、健康をよみがえらせるための場所で、死んでいく者には、心くばりが行きとどかぬ、「瀕死《ひんし》の老人、臨終間近かの老人にとって必要なことは、カンフルや、酸素吸入よりも、死に水とってくれる肉親だろう。われわれが、その代りをすればいい、どうせ意識は混濁してるんだから、呼びかけてやれば、きっと息子や娘が来てくれたと、思うにちがいない」「なるほどな、葬式屋のこっちゃ側をやるわけやな」「キリスト教なら、臨終の秘儀があって、安らかに死なせるらしいけど、日本の坊主は怠慢だからね、死の間際にちょこちょこっと引導渡したって、そう都合よく成仏できるもんじゃない。是非、肉親がいるんだ、子供や孫にかこまれての大往生が、のぞましいのです」

ヤソがガカさんの顔をうかがうと、「私はいいよ、この建物を有効に使ってもらえれば、それで満足、死に水屋というのは、おもしろいねぇ」その眼で見れば、今にも崩れそうな西北荘、いかにもぴったりの感じだった。

老人たちは、まだいっこうにその気配もなかったが、一同、その準備にとりかかり、やはり死を迎える部屋ともなれば、荘厳な飾りつけが欲しい。「しかし、判らんなぁ、思いつくのんは、葬儀の祭壇みたいなんばっかりで」オスが頭をひねり、とりあえず臨終室は、一階中央の、比較的朽ちた部分のすくない部屋に決めたのだが、壁も天井もしみだらけなのだ、意識のあるうち、ここへ運びこまれたら、びっくりして頓死《とんし》してしまうかも知れぬ。

といって、仰々しい祭壇を飾っても、結果は同じこと、「まだ死んでない！」とさけぶにちがいない、「安心して死ねる部屋の、インテリヤちゅうのんは、ないもんか」一同、知恵をしぼったが想像もつかない、「印度でしたかねぇ、たしか死の器というのが、ありますよ」三文がいい、臨終の者を、その器に乗せて、安らかに死なせるという。

「印度あたりは、そういう儀式が発達してるんだろうな、死も生も同じように考えるらしい、ちょっと引越しするくらいのもんでしょな」ガカさん、うらやましそうにつぶやく、「そやけど、この死に水屋は、これからの成長産業かも知れませんで、近頃の若い連中は、余り死人に会うてないから、怖ろしがりよる。特に、断末魔の悶えなんか、よう見んでしょうな」オスがいって、「支那に泣き女いうのがおりましたやろ、あれは仏さんの肉親に代って泣くらしい、わしらもちょっと似てますわ」

臨終室、死の器とどのわぬうちに、ザイモク老人、一人で表を歩くうちころんで胸をうち、子供ならカスリ傷にもならぬ程度のものだったが、急に生命のバランスがくずれ、ヤソ指示して、西北荘に運び込む。老人、荒い息を吐きつつ、しきりに何事かをつぶやき、耳寄せて聞くと、どうやら女の名前らしい、「こら弱ったなぁ、女の声も用意しとかんと、安らかに成仏させられへんわ」老人、いかにも切なげに、また、いとおしそうに表情をつくり、「きっと、材木町のお妾でしょう、このままじゃ思いが残りますねぇ」「ちょっと、私がやってみようか」ガカさん、恥かしそうにいい、「パリから帰った直後、やたらに日本的なものが、よく見えてね。歌舞伎へ通ったし、少しは声色の練習もした」「女の声もできますのん」「女ったって、女形《おやま》だけどな、梅幸、松蔦《しょうちょう》、芝翫《しかん》あたりなら」エヘンと咳ばらいし、老人の顔の上に乗り出して、「あれ、旦那、しっかりしておくんなさいよう」どこから出るかと思う甲高い声でいい、「キミヨ、キミヨ」老人、聞えたらしく、はっきりと名前を口にし、「あい、キミヨでありんすわいなぁ」「オウオウ」「はよう元気になりんして、またせんのように、かわいがってくんなまし」老人、こっくりこっくりうなずき、唇に笑いを浮かべて、こと切れた。

「どうも、おいらん言葉になっちゃって」ガカさん、汗ぬぐいつついい、「いやぁ、大したもんですわ、爺さん極楽往生、間違いなしや」三文とポリス、かねての手はず通り風呂をわかし、湯灌《ゆかん》の仕度にとりかかる。

仏が仏を呼ぶというが、三日おいて、老婆が尿毒症を併発し、うわ言をいいつづけ、その意味は判らぬが、ふと歌のようなものがまじる。臨終室で、一同首をひねり、判じたのだが見当つかぬ、そのうち、ドシーンと大きな音がひびいて、西北荘、今にもくずれんばかりにゆれ動き、窓の新聞紙のすき間からのぞくと、巨大なセメントの柱を、百メートルほどはなれた地点に打ちこもうとするのだ。「冗談やないで、西北荘こわれてしまうがな」オス、表へ駈け出し、「オイコラァ、ここで人が死にかけてるねんど、ちょっと静かにせぇ」怒鳴り立てた。「へぇ、人が住んでたのかい、こんなとこに」現場監督が歩みよって、西北荘を見まわし、「じゃ、仕方ねぇや、少し待ちましょう」「少しとは何じゃい、生きかえるかも知れんやないか」ぶんぐりたかったが、とにかくパイルの打ち込みをやめさせればそれでいい。

臨終室にとってかえすと、三文が老婆の口もとに耳を当て、手で拍子をとっている、「どうも軍歌みたいですねぇ、バンシオソレズテキジョウヲ、シサツシカエル」「判った、そりゃ息子さんだ、このお婆さん、息子を三人戦死させてるんだ、きっと、駅へ送りに行った時のことが、よみがえったんじゃないかなぁ」

軍歌なら、一同心得ているから、はじめは低く唄い出し、気のせいか老婆の口の動きが大きくなったから、つい合わせて大声となり、〽ワガオーキミニーメサレータール、イーノチハエアールアサボーラーケ、タータエーテオークールイーチオークノー、そこで老婆がっくりと首を落した。

「たしかに、召されたわけですね、命栄えあるってわけじゃないけれど」三文、しみじみつぶやいた時、「なんだよ手前らふざけやがって死にかけてる奴がいるってぇから、工事をひかえてたんじゃねぇか。それをまぁ昼間から浮かれて、唄なんかうたいやがって」現場監督、わめき立てたが、「これがわしらのお経やがな」「なにを」「仏さんの前じゃ、手ェくらい合わせたれ」オス、監督の首根っこつかまえて、老婆の死顔に近づけ、「アギャギャギャ」屈強の男が、たちまち血の気を失い、腰を抜かして、臨終室をはいずり出た。

いったんは、やりこめた工事だが、二日後、本格的に杭打ちをはじめて、その一撃ごとに西北荘身ぶるいをする、「チキ生、ぶっとばしてやるか」オス口惜しがったが、「ほっとけばいいよ、工事の影響でこの建物がこわれたら、弁償させるんだ、かえってきれいになるさ」ヤソが笑いながらいう。

「残念ながら、それは駄目なんだ、十五年前に、この風致地区の土地は、みな都が買い上げてね、私には居住権しかない。ぶっつぶれるまで住んでいてもいいけど、かりに火事で焼けてしまえば、再建することはできない」「あの工事でつぶれても?」「それは多分、私と、あの工事請負っている建築会社の問題だろうな」「そら、涙金で済まされてしまうわ」オス、吐き捨てるようにいうなり、表へ出たから、なぐりこみにでも行くつもりかと、ポリスとヤソが後を追うと、オス太い支柱をかかえ、「補強工事せな、あんな杭打ちに敗けるかい」傾き、ねじ曲った建物の、しかるべき部分に、棒を支え直す。ドシンとひびくたび、弱い箇所がゆれるから、よく見定めて、棒や竹を斜めに当てがい、「いっそロープで家全体しばり上げて、周りの木ィに結《ゆわ》えつけたろか」オス、苛立たしげにつぶやく。

十日間、杭打ちが続き、補強が効いたのか、あるいはのべつまくなしの震動が、歪みやねじれを矯正したのか、以前より建物自体はまともとなり、この間に、ヤソは、学位証明書、恩師の推せん状を入手して、医師会に加入を申請し、何分、目星《めぼし》い医療器具は何もないから、ポリスが福祉関係の老人だけをとりあえず診療すると、口添えした。

周囲をパイルと鉄板でかため、土を掘り出しはじめた二日目、工事現場でさわぎが起り、すぐ静まったが、その日の作業は中止、様子うかがうと、コップ酒を飲んでいる。「へえ、近頃は豪勢なもんですねぇ、建て前の祝い酒ならともかく、掘りはじめてすぐ飲むとはねぇ」三文、感にたえてつぶやいた、暮れて後、何やら表でごそごそ音がするから、うかがいみれば、一人の老人が、セメントの空袋を重そうに引きずって、雑木林の中に入りこむところ。

「資材をくすねやがったか」ポリス、昔とった杵柄《きねづか》で、こっそり近づくと、老人、スコップで穴を掘りはじめ、袋の中身を落しこんで、また埋める。ナムアミダブ、ナムアミダブと、低くつぶやき、埋め終ると合掌して、また奥へすすむのだ。

「爺さん、何してんだい」ポリス、声をかけると、老人、よほどびっくりしたらしく、その場にすわりこみ、拍子に袋から、丸いものがころがり出て、これを拾い上げたポリス、月明りにたしかめて、悲鳴を上げた、袋の中身はしゃれこうべだったのだ。

「ブルのすくい上げた土の中から、丸いかたまりが、ポロポロこぼれましてね、何の気なしに見ると、こいつなんですよ。あの現場は、墓場だったか、それとも、首塚があったんですかね」西北荘へ連れてこられた老人、気つけに焼酎を飲んで、ようやく落着いたか、しゃべりはじめ、「なにしろ縁起がよかありませんよね、あすこにゃ十一階建ての、マンションが建つんですが、墓場の上となると、いやがる人も出るでしょう。で、監督がいっぱいおごりましてね、こっそり明日、捨てちまうことに決まったんです」

だが、手厚く葬られたにしろ、怨みを残して斬り殺されたにしろ、「お骨にしてみりゃ、長年、安らかにねむっていたところを掘り出され、供養一つないまま、残土と一緒に、埋立地へ捨てられるんじゃ気の毒です。たたりってぇものもある」だから、力の及ぶ限りと、袋へ詰めて、元の土へもどしてやろうとしたのだ。

「何人分出たの」「三百二十六コ、こりゃしゃれこうべの数だけですがね、他に、骨が、まぁずい分あったねぇ」「今、どこに置いてある？」「気味わるいからねぇ、ダンボールに詰めて、林の中にうっちゃってあるよ」「ガカさん、こっちで御供養して上げちゃどうです」ヤソがい い、「三百いくつも持ってくるのかい、代表で二つ三つってわけにゃいかないのかなぁ」いささか浮かぬ顔でいったが、ヤソ無視し、オス、三文、ポリス、それに老人を案内役として、闇にまぎれこむ。

すぐ、いくつにも分けて、お骨が運びこまれ、「こりゃ、首塚じゃないね、どの骨にも傷がないし、第一、三百何十人も殺されたんなら、たいへんな戦さだよ」ヤソ、丁寧に土を落して、調べ、「風呂に水を張ってくれ」「なにするねん」「洗うんだよ、仏さまを」「これをかいな」「土葬にした仏は、一年後に掘り起し、骨を洗って、ようやく成仏するのさ」

老人、眼を見張って、「こりゃお若いのに奇特な方ですな、私も手伝わせてもらいます」タワシでごしごし磨き上げ、「あぁ、こりゃ穏やかな骨相です」しみじみ見入った。他の連中も、おっかなびっくり手を出し、すぐになれて、野球のトスの練習よろしく、ガカさんに放り投げ、ガカさんはしゃれこうべ、骨の大きさはかりつつ、きれいに積み上げた。

「この骨で、例の死の器をつくろうと思うんだ、ベッドの枠組だけこしらえて、後はこのお骨をうまい具合に張りつける」自分の手で、骨を洗うと、もう無気味な感じはうすれ、しゃれこうべにもそれぞれ表情があり、親しみが湧く。

「フランチェスカ修道院だな」ガカさんも、おもしろそうにいう、ローマにあるこの修道院は、別名ガイコツ寺といい、カタコンベから掘り出した殉教者の骨を、モザイク風に組合わせ、装飾としているのだ。四隅に頑丈な柱を立てた、畳一枚分の大きさの、枠組がつくられ、古畳を枠組の中に三枚敷き、上に敷布団を乗せる、ガカさんが慎重にモザイクの絵柄を工夫し、しゃれこうべは、釘にひっかけ、骨は同じく支えればいい。四隅の柱は、天蓋《てんがい》を乗せるためのもの、老人、年に似合わず器用で、ガカさんの注文通りに釘を打ち、この奇妙な作業に疑念もいだかず、後で、ヤソに死の器の趣旨説明されると、しきりに感心して仲間に加わり、オコツと名がついた。

「なるほど、こりゃ気が休まりますなぁ」完成した死の器に、オス横たわり、天蓋の内側はすべてしゃれこうべで、しかもすべての眼窩《がんか》が、枕を注視するかの如く、飾りつけられているのだ、「こら不思議やで、しゃれこうべが、みな歎き悲しんでくれてるみたいみえるわ」指の骨寄せ集めて作った燭台、太い骨組合わせた花器、もっとも形のいいしゃれこうべに、細い骨をそえて木魚がわり、たたくと、金属性の音がひびく。

いちおうの用意は整ったが、二人続いた後、途絶えて、ヤソは町の個人病院に、アルバイトとして週に二日勤め、残りは老人の部屋を巡回した。半年後に、死の器の処女成仏とでもいうか、利用者があらわれ、これは孤独な老人ではなく、息子夫婦と同居する老婆だった。往診を頼まれて、ヤソが出かけると、脳軟化症で、すでに七年寝たっきり、子供が二人いて上は高校受験を目前にひかえている。いったい、この先きどれくらい生きるんでしょうか、老婆が急に、息をぜいぜいはずませたから、いよいよこれでお役御免と考えたらしいのだが、軽い風邪と診断されて、嫁、がっくり肩を落し、ヤソにたずねる。あやうく、風邪といっても、少しこじらせると、なにしろ弱ってるから、すぐ死ぬといいかけて、言葉をのむ。うっかりしゃべれば、この嫁、夜中に姑の布団はいで、殺しかねない。「病院に入れるほどのゆとりもありませんし、ごらんの通り手狭なところへ、一部屋まるまる占領されちゃってますでしょ。ぼけているようで、少し気に入らないことがあると、さけび出して」思いつめたようなその表情に、ついヤソは、「まぁ、方法がないわけでもありませんが」「方法って申しますと」「奥さんも、よく都会の中の孤独な死という、新聞記事をごらんになるでしょう」「ええ、もうそれに較べたらお婆ちゃんなんかどんなに幸せだか」「私たちも、時々そういう方を巡回しましてね、もう長くないと判ったら、収容するわけです」「病院でございますか」「それに近いものですが、つまり、気の毒なお年寄りの、肉親代りを勤めるんですな」「たいへんでございましょうねぇ」もし、そちらにまかせる気があるならと、あたらしくひいた西北荘の電話番号を教え、「何という団体でございますの?」団体といわれ、ヤソは苦笑いしつつ、「死に水屋とでも」口ごもっていうと、「清水屋さんですか」嫁、早合点してうなずいた。

亭主と相談したのだろう、二日後に電話がかかり、「清水屋さんに、御紹介いただけませんでしょうか、あの、子供の受験中にでも、もしものことがありますと」いじわるな姑さんだから、それくらいのことしかねないと、いわんばかり。ヤソが往診すると、やはり風邪のせいか、めっきり弱っていて、長くはない様子。「孤独な老人が原則で、これは例外であることをお含みおき下さい」念を押し、寝台自動車でゆっくり運びこんだのだ。

弱っている上に移動がこたえたのだろう、三日後に老婆はみまかり、ほとんど意識はなかったから、一同、懸命に脚や腕をさすってやった、「どうもこのお婆ちゃん、折角の飾りつけを見てくれんかったらしいな」オス、残念そうにいい、仏を別室に移す、知らない者が死の器の装飾に気づけば、卒倒しかねぬ。

息子夫婦は、母に形ばかりの別れをつげ、通夜密葬もまかせるし、骨もしばらく預ってくれと頼みこみ、嫁は姑のいっさいと関り合うことを拒否し、息子もそのいい分にいちいちうなずく。「ヤソさん、こりゃよした方がいいんじゃないかなぁ、あのお婆さんみたいに、すぐ亡くなってくれりゃいいけど、もし、長く生きられたら」三文が、遠慮がちにいう、「一種の安楽死さ、動かしちゃいけない病人を運ぶんだし、病気の末期になりゃ、少し室内の温度がちがっても、ひびくからね、まぁ、あのお婆さん、あのままでも十日もたなかったろうけど」「しかし、冷めたいもんですね、実の息子だっていうのに」「そんなことどうでもいいさ、こっちは死んでいく人を、安らかに成仏させりゃそれで十分、それ以外、考えないことですよ」手足さすってやったことが、あるいは老婆に伝わらなかったとしても、さする側に、功徳がある、オコツは別として、いずれも古傷ひっかかえた身の上なのだ。

裏に建築中のマンションは、次第に全容を明らかにし、骸骨《がいこつ》騒ぎなど歯牙《しが》にもかけぬ感じでそびえ立ち、一戸あたりの平均分譲価格は四千万円を超すといわれていた、「なんやしらん、天国と地獄やねぇ、これは」オスが破れ窓から見上げてつぶやき、すぐ「そや、忘れてたなぁ」素頓狂《すっとんきょう》にいい、何のことかと思えば、日照権、マンションにさえぎられて、西北荘はしごく陽当りが悪くなっていたのだ。ヤソは、患者を西北荘へ移した方がいいと判断すれば、そのむねを家族に告げ、清水屋はいかにも妙だから、清水商会として、電話番号を教えた。すべてが、二、三日うちに、声しのばせて頼みこんで来る、といっても、二月に一人くらいの割だが、中には、西北荘の水があったか、急に元気をとりもどす患者もいた、しかし、家には帰りたがらず、ひねもす廊下で、小鳥の動きにながめ入る。

いちいち釘をさしてはおいたが、やはり噂は広がって、まったく見知らぬ者から、患者委託の申し込みが、時に舞いこみ、病院へ入れた方がいいと思えばしかるべく紹介し、その他は、いわれるまま引きとった。

「明日またお客さんだよ」ヤソは、三文とポリスに声をかけ、用心深く梯子を伝わって階下に降りる、下には二人のまだ死にきれない患者がいた、一人は老衰に加えて肺気腫《きしゅ》、骨の上に皮張りついただけの姿で、死の器に横たわり、オコツとオスが、とりとめのないそのうわ言の相手をつとめる、もう一人は、妾の家で、脳溢血の発作を起し、妾は女房に押しつけ、女房意地張って送りかえし、あげく、ここへ運ばれて来たもの。

翌日、息子の栄転のために、捨てられた老婆を引きとりに出かけ、もどると、髪ふり乱した初老の女と、三十代の水商売風が、互いにののしりつつ、オスにも、食ってかかり、一昨日は、押しつけ合った男の身柄を、今度は、自分が引きとると、争っているのだ。男の最後をみとった方が、財産分けに際し有利と気がついたのだ。「あきませんて、今いのかしたら再発作起して、死んでしまいます」オス、大声で制止するが、すきあらば中へ入ろうとうかがい、「私は、医者です、いくら身寄りの方でも、患者の生命が第一です」ヤソがいうと、二人ふくれっ面で退散したのだが、二時間後に、警官が訪れた。

「あんたが医者ということは判ったが、この人たちの職業は何かね」雁首《がんくび》ならべた一同を見渡す、「まぁ、無職ですね」「無職、ふん。今、ある女性からの訴えで、こちらに病人を監禁しておるというのだが」「冗談いわんといて、無茶苦茶や、あの女」オス、青筋立てて怒る、「ちょっと中を見せてもらおうか」「令状もってんのか」「何もそうことを荒立てることもないだろう」警官、オスをにらみすえ、「お前、どっかで見た顔だな」「そうでっか、えらいおおきに」ヤソ、仲に割って入って、「なにしろ、おんぼろ家ですから、足許に気をつけて下さい」先きに立って、警官を案内する、一階のとば口の部屋には脳溢血の男、次ぎは脳軟化症の老婆が、荒れ果てたたたずまいの中に横たわり、廊下に、左半身にしびれは残るが、他はすっかり元気になった死にぞこないがすわりこむ。

「ここは病院になっとるのかね」「いや、ごらんの通り、そんな設備は何もありません、下宿屋です」しかし解《げ》せぬ表情のまま、臨終室をのぞきこみ、「あれは何か治療をして」死の器に横たわった老人と、その足腰さするオコツをみて、警官しゃべりかけたまま絶句した。「あ、あれは真物《ほんもの》か」「ええ、裏のマンションの工事現場から出たものです、昔は、墓場だったらしいですな」「電話をかしてもらえんか」ヤソ、二階への梯子をしめすと、警官立ちすくみ、「皆、どこへも行くんではないぞ、いいな」いいおいて駈け出した。

西北荘は、警官によって、くまなく捜索され、その間二人が二階の廊下踏み抜いて、下へ墜ち、ヤソとガカさんは、署に連行され、こと細かな質問を受けた。しかし、寄辺《よるべ》のない老人が、臨終間近かとなった時、これを引きとって親身も及ばぬ介抱することは、美談でしかない。そして、孤独な老人の死より、はるかに、骨箱が多い点をたずねられたが、たとえ肉親はそばにいてもお互いがより不幸な境遇に追いこまれてしまうことも多い、この場合、手当ての必要なものは病院へ送り、風化にまかせる他のない病人だけを、西北荘に収容し、死ぬまでをみとったのだから、とがめ立てされる理由はないのだ。親を捨てた子供に、道義的責任があるくらいのもの。

「しかし、何故あんな妙なベッドというか、死の器なるものを作ったのかね」「沢山のしゃれこうべに見つめられると、気が落着くもんですよ、すべて仏ですからね。まぁ、刑事さんも一度寝てごらんになれば判りますよ」墓地荒しをしたのは、土建業者だし、何百年も前のしゃれこうべを、どう扱おうと罪にならぬ、安楽死の疑いをかけてみても、カルテに不審の点はなし、それによって金銭の授受が行われた形跡もみえぬ。ヤソが受けとった金は、すべて実費を少し上まわるだけで、その領収書もそろっていた。

西北荘のような不潔な部屋へ収容することは、不適当であるといってみても、患者の寝ている布団は、きわめて清潔だし、肉親のもとにいてさえ、ろくに下《しも》の世話はみてもらえないのだ。

「要するに、もうじき死ぬと判った人間だけしか相手にしない点が、御不審なわけでしょう」病院は逆で、患者をとにかく生かすことに全力をつくす、葬式も同じことで、死んでしまった後からはじまる、つまり生きている者たちの、儀礼に過ぎない。「生きている者を、われわれは完全に無視しているから、妙な気がするわけです。親を捨てる子供も沢山いました、病気の親のために、子供の家庭が破壊されることもあるでしょうけど、われわれはそれより、もはや死ぬ他ない老人を、安らかに死なせたいと考えただけです、子供の家庭が、おかげで以後バラ色に輝こうと、良心の呵責《かしやく》に悩もうと、それは関係ありません」

「しかしだねぇ、いくら息子夫婦に邪険《じやけん》にされたとしてもだよ、やっぱり血を分けた肉親のそばにいたいと思うのが、特に老人の気持じゃないかねぇ」「ですから、われわれが、完璧な息子や、娘を演じてみせるんです、死の器のお客様は、大体、脳が弱ってます、癌や老人結核の患者なら、病院へ行くべきです。脳が弱っているから、まぁ、われわれの演技でも通じるんですけれど」ヤソは、ガカさんに、「少しやってみませんか、娘ぶりを」「娘ぶり？」刑事が聞きかえすより前に、ガカさん机に打ち伏し、今はすっかりなれ、女そっくりの声で、「パパ、判る？　直子よ、ねぇ、元気を出して、また箱根へ行きましょうよ、ねぇ、ほら坊やいらっしゃい、お爺ちゃまよ、今日はって」ガカさんはとって六十二歳、飛蚊症昂じて盲目同然、黒眼鏡をかけている、それが甲高い声自由にあやつるのだから、刑事たち呆然となり、「老人たちは、これでやさしい嫁に、自分は好かれていると信じこんで死んでいきます。刑事さんたち、巫女《みこ》ってのを御存知でしょう、死んでしまった親しい人の、霊をこの世に呼び出すでしょ、われわれのは逆なんですね、生きている者の声を、死んでいく人に伝えるわけです、死んでいく人が、こういってほしいと思っている言葉を、代りにさけぶんですな」

煙《けむ》にまかれたような刑事に、「帰ってよろしいでしょうか」ヤソ、断って席を立つ、「何故、そんなに死人のことばかり考えるのかなぁ、やっぱりまともではないよ、なんといっても、生きてるからいいんであって、どうして、そんな突拍子もないことを」刑事、頭が混乱したのか、ぶつぶつつぶやくのに、ガカさんまた女の声で、「だって、私たち、もう死んでるんですもの」と、ささやいた。

世を騒がすからと、ヤソたちについての記事は、いっさいマスコミに流れず、しかし噂はなお広まるばかり、ジジジとかぼそいひびきの、清水商会専用電話は、鳴りつづけ、豪壮なマンションのつくり出す、陰の中で、西北荘さらに屍臭《ししゅう》をまとい、死の器のしゃれこうべは、死人にやさしい笑みをおくる。

ああ軟派全落連

酔歩蹣跚《すいほまんさん》を絵にかいた如き酔いどれ、かなり大柄な男で、よろめきつつも足どりたしかなるは酒になれたしるし、折からあらわれた春のおぼろ月に、浮かれ狐でも化けたかと思えるのんびりしたながめで、だが、その近づくにつれ、ぼそぼそと、口中なにごとかつぶやいている、耳すますまでもなく、勲《いさお》にはそれが一人トーキー都家かつ江の声色とわかり、とすれば酔いどれは、外食軒中毒《がいしよくけんちゆうどく》こと笹木豊にちがいない。

所は茗荷谷《みようがだに》、禅寺の境内、だらだら坂登りきると、ひとしきり石塔がならんで、その先きに本堂といっても、焼跡にすぐおっ建てた仮建築に、つぎはぎしてどうにか形整えたもの、はるか離れた道で、ドシンドシンと普請があれば、御本尊様一寸刻み五分刻みに動座あそばして、末はころがり落ちようという、日に月にかわる町のながめながら、この寺ばかりは十四年前とまるで同じ。

「よう、しばらくじゃないか、外食軒先生」

勲が声かけると、虚をつかれて相手は闇をすかしみる。

「吉岡だよ」勲は姓を名乗り、芸名は春分亭彼岸《しゆんぶんていひがん》。

「やあ、先輩」よろよろっとぶつかるように近づき笹木は、両手を勲の肩に置くと、ぴょっこり頭を下げ、あははと笑う。なじみ深い声で、まだかつ江の調子が残っていた。

「大分来てるよ、波羅密亭《はらみてい》お産師匠、しどろ家もどろ、マンボエイト・ナイン、鬘《かつら》つる禿《はげ》」すでに本堂に集っている連中の、すっかり忘れていたその芸名、十四年へだてれば、いずれも肉がついて、貫録といえばきこえはいいが、いかにも世帯背負って世渡りの疲れをにじませ、だが、みたとたんに本名より芸名の、顔と結びついて、先方も同じらしく、だらしないほどに相好《そう》をくずす、勲は年長だし、以前から、なにやかや世話好きで、今も、ひょっとしてこの寺の所在わからない者がいやしないかと、地下鉄の駅まで見にいくつもり、「さあ」と、笹木を本堂へ押しやって、逆に歩き出す。

十四年、いや昭和二十七年にはじまったのだから、足かけ十八年ふた昔に近い。西北大学文学部に入った勲、仏文科をえらんだものの、特にフランスの小説に肩入れしたわけではなくて、英語全盛の御時世になんとなく反感いだいただけ、いや、さらに、仏文の方が入り易かったからで、だからベレー帽かぶり、シャンソン口ずさみ、コマンタレブーのキスクセの、片言ひけらかす同級生になじめず、といって、社研の、演劇の、さては同人誌のと、きおい立つ仲間にも加われない。

高校時代から寄席には足繁く通って、特に誰というわけではないが、昼席のすいた客席にぼんやり過ごせば、いかにも人生の落伍者といった落魄《らくはく》の趣き身にしみて、そのうち耳なれた噺《はなし》の枕や、貞山の語り出し、大喜利は小金治のくすぐりなど、つい口癖となり、丁度、今、外食軒中毒が夜道につぶやいていた如く、またところどころ残る焼跡の間を歩きながら、ことさら難かしい顔で、「エー、えー」と、口の重い貞山を真似てみたり、大学へ入っても、寄席は続いて、その二学期に、碁会所で知り合った政経同じく一年の副島《そえじま》、これは勲をはるかにしのぐその通《つう》で、ふっと勲の口に出した噺家の評判記、きくなりとうとうと蘊蓄《うんちく》傾け、すっかり圧倒されたのだが、妙に気が合って、新宿末広亭そばの「どん底」へ出かけ、いっぱい五十円のどんカクすすりつつ、お互い傾倒ぶりを披露し、勲も、つい釣りこまれて、それほど入れあげていたわけでもないが、江戸文化の精髄は落語にありと、握手をかわし、副島は「かねてぼく考えてたんです、是非、伝統ある落研を復活させましょう」その説明によると、一年前まで、西北大学には落語研究会があり、噺家を呼んで教えも受ければ、講堂で独演会を開いて、互いに小遣いを稼ぎ、会員はそれぞれ芸名をもって、得意の演《だ》しものを、三月に一度発表する。「なんでもデモに参加して、全落連というプラカードをかかげてたんで、学校から閉鎖命じられたそうですな、ひどいもんだよ」

その年の初夏に、大学本部へ学生が侵入し、それを排除するため、警官が出動して、すわりこんだ学生を警棒で滅多打ちにし、多数の学生が退校処分を受けていた、勲は、年中行なわれるデモにも、この第二次西北事件といわれる騒ぎにも、まるで関係なく、それは、威丈高に演説する指導者の、ひどく楽天的な煽動の言葉に、反撥を覚え、というのは後からつけた理屈で、なにしろうっとうしい感じが先きに立ち、だからデモに参加してつぶされたことの意味より、

落研の存在に興味をひかれ、

「是非、やろうじゃないですか、別に学校は関係ないでしょ」

勲は、同好の士集って、寄席を聞きにいくぐらいのこと、せいぜい、たまさかのコンパに、酒の力を借り、かくし芸の声色を競うつもりで賛同したら、副島はぐっと本気で、たちまち落研部員募集の貼紙を文学部政経学部商学部教育学部に掲示し、学校そばの寺に交渉して、総会の手はずととのえ、まさか落語愛好者がそうざらにいるわけもないと、勲たかくくっていたら、なんと、三十二名集って、さすがに女の姿はないが、いずれもむしろ、学生服真面目に着こなし、勤勉な印象。発起人だから、一同と向き合ってすわり、中に一人、ジャンパー姿の男がいて、副島と打ち合わせをしている、この男は、前落研のメンバーで、今は新劇の役者、しごく愛想よくとりしきって、さまざまに助言をする。

「え丶、私、河原貞一《かわらていいち》でございます、とりあえず先輩ということになっておりますが、名の通りどうもだらしのない河原者《かわらもの》でして、申しわけございません」

そっくり落語のいきで如才なくしゃべり、一座を笑わせる、大学だけあって、国文には落語の生字引の如き先生もいれば、三度の飯より寄席の好きな老教授もいる、その逸話やら、独演会プロデュースのコツ、三十円から税金がかかるから二十九円の入場料、賭博好きの噺家を麻雀にさそって、そっくり出演料まき上げちまった話、たっぷり聴かせて、話終えた時には、落研志すとはいえ、二十歳前後、お互いの呼吸うかがい、肩そびやかせる年頃がすっかりうちとけて、「私、声色をやらせていただきます」調子に乗った一人が、すっくと立って、悠玄亭玉《ゆうげんていたま》介《すけ》のいき、籠《かご》つるべは縁《えん》切《ぎ》り場を、吉右衛門、歌右衛門で見事に演じ、その突拍子のなさをとがめるより、皆拍手して、おりもおり、三味線の清掻《すがが》きがシャンシャンシャンと、ひびいて、空耳かとおどろいたが、これは同じ寺で、練習する長唄研究会、便所へ立つついでにのぞくと、こちらには女の部員もいて、中に、勲と同級の、いくらか心ひかれている女子学生がいた、棹を必死で見つめつつ、おぼつかない指を動かせ、初心者のグループらしく、〽宵は待ち、を幾度もくりかえしていた。

まったく突然に半月前葉書がきて、大学を出る頃は、とてつもない不景気で、落研どころではなく、後輩が後をついで、いよいよ盛大にやってるとは噂にきいても、あの役者のように、面倒をみるゆとりもないまま、そして、落研の会員は、いわば各学部からの寄せ集めだから、政経を出た副島は、東京都の民生局へ勤め、昼休みに屋上でバレーボールをして、アキレス腱を切ったときけば、落語とバレーのとり合わせに年の移りかわりを思い、商学部の芸名羅生《らしょう》門《もん》とんぼは、身を助ける不倖《ふしあわ》せでキャバレーの司会をなりわい、その他は音信不通のところへ、落研同窓会の集いの知らせ、勲は今、経営コンサルタントといえば、いかにも時流に乗る如くだが、実はスーパーマーケットを専門で、しかも、親会社が売りつけた計算機の、いわばアフターサービスとして、昨日まで魚屋、八百屋、果物屋だった親父どもの、愚痴の聞き役。

同じ時期に卒業した中で、文学部にふさわしく、新聞、雑誌社、さては放送局、広告代理店に職を得た者は稀、たいてい得体の知れぬ肩書きが、同級会の名簿にあり、ことさら勲、現在の職業を恥はしないが、なにしろ現在のところ総勢六名で、ちょいと気の利いた社員は、すぐ見きわめつけて、転職していく、勲はすでに三十半ば、何度か辞表たたきつけようとして、一日のばしに深みへはまり、名のみ事務局長だが、経営指導するスーパーマーケットからの会費が唯一つの資金源、入ってしばらくすると、そのブームにぶつかり、六百軒の会員から月三千円徴収して、百八十万、西は五島列島から、北は稚内《わつかない》まで、とびまわって、天晴れエリート社員の気分に酔えたのだが、ブーム尻すぼみとなれば、根はケチな小商人、会費もとどこおるし、では独自に、メーカーの製品展示会を企画して、ボーナス稼ぎ目論《もくろ》んだが、失敗に終り、この三年間、昇給いっさいなしで、暇といえば暇、せいぜい関東近辺のスーパーをまわって、お茶をにごし、さすがにうんざりしていた、今更、落研なんかと、気が重く、出欠の葉書もそのままにしていたら、三日後に、写楽《しゃらく》から電話があり、

「楽しみにしてるよ、彼岸師匠の柳好は絶品だものねぇ、あたしゃ今だに柳好が忘れられないね、いつか家を見にいったっけなあ」

すっかり出席するものと決めて、しきりになつかしがる。

写楽は、ただ一人、理工学部の学生で、芸名は別にない、みんな写楽、写楽と呼び、その由縁《ゆえん》は、写楽の役者絵、あの顔の長い、眼玉の寄った役者の表情を、まことに見事に顔面模写するのだ、百面相という芸はあったが、写楽は、顔面模写と主張し、やがて落研も病い昂じて、寝床よろしく、各人一席うかがいたがって、きく方も楽ではない、いい加減だれた時、必ず誰かが「写楽」と声をかけ、たちまち、「待ってました」「東洲斎」どよめく感じがあった。

写楽は、うつむいて登場し、寝そべったり、膝小僧抱いたり、思い思いの気楽な姿勢でいる一同に、まず平伏すると、すっくと片膝立てて、必ず右斜め下をにらみ、両手は「暫《しばらく》」の団十郎銅像の如くひろげて、と、みるみる顎がのび、鼻がすっと細まり、眼は二度三度またたくうちに中央に瞳が寄り、髷《まげ》も衣裳もないのに、それは誰がみても、写楽であった。

あれはどれくらいの時間だったろうか、何度くりかえしても、そのつど、皆息をのみ、彫像の如く固まってしまったその表情に釣られて、今のTVでいうストップモーションによく似ていた。つめていた息を吐き出し、もどる時は、まことにあっけなく、もとの素顔がにこりともせずに平伏し、とたんに哄笑の渦が起る。

切支丹《きりしたん》の妖《あや》かしをみるようで、ふだんの写楽は、いくらか長い顔ではあっても、とうてい似ても似つかず、そして、芸は、ただこれだけだった。

たしかに写楽と、向島の柳好の住いをたずねたことがある。噺家の家を訪れるのは、そう特別な経験ではなく、なれてくると前座三人真打ち一人と、小遣い稼ぎに小講堂へよび、いわれた通り二十九円の切符を売って、その交渉やら迎えやら、小さん、文楽の門をくぐり、だが、柳好の家をたずねたのは、特別の用があったわけではない、朝顔の鉢があったから夏のことと覚えている。前夜、玉の井に泊って、それも終電のなくなるまで、駅近くの喫茶店「碇《イカリ》」で、いちばん安いソーダ水注文し、トリスの小瓶かくし飲みつつ時間をつぶし、抜けられますの狭い露路《ろじ》、すっかり灯は消えていて、たまさか硝子戸わずかに開け、声もかけずにひっそりいる女の、年も顔かたちもわかるものではない、泊りで五百円ささやきかけて、まず三、四人目には、首尾よく上れる、もちろんまわしだけれども、とにかく急な傾斜の梯子《はしご》を、女の足首眼の前にみながら、とんとんと登りつめて、すっかり寝静まった感じのせまい廊下に足音しのばせ、部屋へ入ってようやく御面相がわかる。いつも痩せた女だったような記憶がある、洗滌室の臭いやら、のしかからんばかりの箪笥に衣桁《いこう》、夏なのに閉めきっていて、別に暑くはなかった、朝、目覚めて、一瞬、どこに寝ているのか、みなれぬ天井の模様にとまどい、すぐ気づいて、かたわらの女の、まだ夢うつつなのを横抱きにし、うるさそうに払われるとやみくもにはやって、ただかじりついたまま果てたり、指にふれた女の秘所の、ひんやりと冷めたく、あらためて薄い胸をあわれに感じ、雨戸から洩れる陽の光に、煙草の煙が、縞模様をえがき、枕もとのコップの水には、はっきり埃《ちり》が浮いていたが、かまわず飲み干す。

朝がえりのどこで、写楽と待ち合わせたのか覚えていない、写楽の家の、家作《かさく》が向島にあり、くわしいからと、柳好の家、といっても待合のはずだったが、たずね歩くうち、不意に写楽が足をとめ、いわれるまでもなく、勲にもわかった、道のかたわらに、古びた床几があり、老人が朝顔の鉢にじっと見入っていた、まごう方なき柳好で、しかし、高座での艶冶《えんや》な印象とまるでうらはらの陰惨といってもいい表情、こちらに気をとめるでもなく、丹精こめているのか、それにしては変哲もない朝顔の花を、うつけたようにながめ、浴衣からはみ出た脚も、つややかなはずの額も、すっかりしなびきって見えた。

引いても、押しても、アア切れない、さてお立ち合い、写楽からの電話の後、勲は、声色ではなく、その口上をつぶやき、すると急になつかしさがこみあげて、一刻も早くあの写楽をみてみたい、そして、つまみ家するめを名乗る教育学部の男は、馬風が得意だった。刑務所へ慰問にいき、「やあ囚人諸君、よく来たな」と、あいさつし、満座を仰天させた噺家の、出から入りまで、そっくりとっていた、するめはたしか中学の教師になったはず、漫才、浪花節、講談はすくなかったが、一組だけ、ふざけて演じた漫才が意外にうけ、そのまま続けたのがいて、マンボエイト・ナインといい、これは勲がつけた名前だった、はじめは、はばかり家シッコ、ウンコで、あまりに品がないと改名したのだ、落語は売れなかったが、気取ってザイマンと呼んでいたこのコンビ、それに声色は、お座敷がよくかかって、時には落研に、おそろしく派手な背広であらわれ、これから熊谷の小学校で、同窓会の余興《よきょう》をやると畳にすわるのも、ズボンのしわを気にして、その筆頭が、外食軒中毒、勲は、ひょっとすると本職になるのではないかと思ったほどで、年は二年下だったが、入って来た時、すでに六十人近くの声色をこなし、それも、プロの声帯模写の演しものを、ひき写すのではなく、自分で工夫し、

「模写の模写は模写じゃありません、模写は自分で模写しなければ」

と、煙に巻き、彼は、商学部だったが、その修業ぶりは連日寄席へ通いつめて、まず、最初はふつうに聴く、ついで眼を閉じて、これというさわりを決め、後は演者の表情はもちろん、指一つの動きまで逃がさず写すのだそうで、たしかに都家かつ江の声色など、その後もきいたことがなかったし、神田山陽《かんださんよう》、大島伯鶴《おおしまはっかく》、貞山《ていざん》、貞丈《ていじょう》、邑井操《むらいみさお》は、本職はだしだった。

「おや、お珍らしい」

茗荷谷の駅に突っ立って、顔見知りを探すうち、車から声をかけられ、勲その、ハンドル握る顔に覚えがなくて、煮えきらない返事をかえすと、すぐさとったらしく、

「ほら、あたし、勘亭流《かんていりゅう》ですよ」

手を突き出して、宙に文字を書いてみせ、すぐに思い当る、勘亭とまでいわれなくても、指に覚えがあり、学部は忘れたが、やはり後輩で、どこで仕込んだのか、番付けや看板にかかせぬ、勘亭流筆蹟をよくし、噺も声色もやらないが、週に一度の研究会には顔を出し、隅で墨す

っては、新聞紙に、各人の芸名を手習いし、字の見事さもあったが、筆を持つ指が、まるで、関節一つ足りないのではないかとたしかめたくなるほど、みじかい。

「いや、しばらく、すっかり御無沙汰」

「師匠、いらっしゃるんでしょ」

「ああ、ちょっとわかりにくい所だから、迷うといけないと思って見にきたんだけど」

「そりゃどうも、その近くは車置けますかしら」いかにも車なれしたいい方、しかも外車だから、気押《けお》されながら、勲、

「この時間なら大丈夫だろう」

無責任にいい、

「一緒にまいりませんか」

さそわれたが、断る、定刻七時を二十分過ぎていた。

同窓会の発起人には、勲たちも指導を受けた国文科の教授をはじめ、第一次落研の河原、今では映画スターとして飛ぶ鳥落す勢いだが、それに彼と同期で、民放TV局芸能部門のプロデューサーとなった男、落研の実績をうまく利用して、そのラジオ時代に、落語家を局の専属とし、現在のブームの礎《いしず》え築いたのだが、いずれも、勲の、時折は週刊誌で見聞きする名前が連なり、本来なら、そこに副島がいていいはず、定刻少し前に会場へつき、世話係かって出たら

しい波羅密亭お産に、その消息たずねると、都庁は五年前に辞めて、高円寺に喫茶店を出し、女房にまかせて、そのヒモに近い暮しのあげく、若い女とでき、出奔《しゅっぽん》して、今は、英会話レコードのセールスマンと教えられる。

「どこを、どうたずねたのか、私んちへ来ましてね、レコードを買ってくれってんですよ、まあ、偶然なんだけど、私も仲間うちで、外国旅行へ行くなんぞの話がありましてね、まあ一組もらっといたんですが、すっかり毛は薄くなっちまって、苦労してるらしいですね」

まあ惚れた女と一緒なんだからいいだろうと、小耳にはさんだマンボエイトが口をはさみ、すぐ話題を別にひきとって、

「お産さんは、それで外国へ行ったのかい」

「ああ、西海岸だけだがね、ロス、シスコ、ベガス」

「あたしも、去年、ヨーロッパに出かけてね、こっちはどうだったたい」

エイトが小指おっ立ててきく。

お産は印刷屋、エイトはレストランの経営者となっていて、別にどこへ旅行しようと、勝手じゃあるけど、シスコの、ベガスのと、きいた風な口ぶりが気にさわり、勲が、表へ出たのは、連中の、それぞれ家業なりわいにいそがしければ、つい懐旧談《かいきゅうだん》よりは、只今の愚痴とも自慢ともつかぬ話に花が咲き、中には名刺配って歩くのもいるのがひっかかったのだ。

副島は、特に誰の声色をつかうわけでも、また、自ら演じてみせることにも、そう積極的ではなく、ただ落研をとりしきり、時にシカ芝居を真似て、「五人男声音白浪」など、おそれげもなく演じ、その、衣裳や簡単な道具方を、東奔西走して勤め、噺家招く際も、また、お座敷かかって誰かれの、慰安会へ出かける手はず、いっさい面倒をみて、いわば支配人の格であった、勲は、年追うにつれ自分たちが最年長でもあり、新入りの、器用だけをたよって、天狗となったり、小遣い稼ぎに、ようやく盛んとなった民放ラジオ、喉自慢公開番組に出演し、鐘鳴らしたと、得意面の会員を、きびしく戒めたものだが、副島は、大人というのか、「いやあ、場数を踏むことは大切ですよ」「何ごとも愛嬌々々」と、寄席を好きな男、落研に悪人はいないと信じこんでいて、青山の自宅に、半分は地方出身者だから、下宿住いの味気ない連中を、冬なら鍋物、夏なら冷奴と、心利かせもてなしていた。

あの副島が、たしかに酒も飲んだし、彼のなわばりは新宿二丁目で、女知らぬ者を引き連れ、手ほどきしていたし、いっぱしの遊び人ではあったが、まさか女と駈け落ちの末の、英会話レコード販売人とは、信じられぬ思い、たしか生れは下町、青山の住いは、祖父の隠居所に建てたもの、人見知りするくせに、いったん馴染みとなれば、とことん面倒みのいい男だった、友人のはらませた女の、中絶につきそって、その病院では丁度、近くの赤線の検診日、「やい、女泣かせ」「ろくでなし」と、待合室にいるうち娼婦の罵声を浴び、「ああいう商売してると、かえって堅気の女だます野郎を、憎む気持が強いんだろうな」憮然として焼酎を飲み、最後に会ったのは、高校時代の同級生が、自動車事故を起して、警察に留置され、そのさし入れに出かけると、着物姿で、カラカラ下駄をひびかせ、勲も、その頃、今の職にはまだつかず、業界誌にいたから、自らのみじめさもあって「いつまで余計な世話をやいているのだ」と、半ばひがみ、そしていくらかは、大丈夫なのかねと、危惧する気持があったように思う。

政経学部を出て、都庁に勤めるのが、どういう評価受けるのか知らないが、勲からみれば、まさに光かがやいてみえる就職で、だからつい、その近くまで出かけることはあっても、訪れはせず、そのまま疎遠となり、年賀状だけは、四、五年前まできていた。

「どうも皆様、お忙がしいところを、お集りいただきまして、まことにどうも、おなつかしゅうございます」

波羅密亭お産が、まず挨拶をのべ、一座は二十六人、それだけで、コの字にならべた机に、お膝おくりの満員、お産の背後には、びっしりと位牌がならび、勲の横に木魚、こじんまりした阿弥陀様がいるから、そこが上座の見当なのだろう、教授と河原貞一がしめ、いずれも中年男にまぎれもない姿形、法要の席といささかの変りもない。

会費千円にしては、豊富なビール、酒、それに乾パンがあった、乾パンは、落研の名物といってよく、お茶は、出してもらえたが、菓子を買う金がない、もっぱらこれをボリボリかじりながら、咄々《とつとつ》と語る金明竹《きんめいちく》や、秋田訛りの寿限無《じゅげむ》をきいた。

「珍らしいですな、まだこんなの売ってるんですかね」

鬘つる禿が、赤い網袋に入った乾パンをぶる下げ、

「アメ横へいきゃありますよ、もっとも、山登りの連中の非常食らしいんですがね」

つまみ家するめが説明する、珍らしがるだけで、誰も手は出さず、この寺が用意したらしい、ハム、焼豚、マヨネーズのかかった胡瓜《きゅうり》を一同口にして、お産の後は、教授が、強い九州訛りながら、江戸っ子風にしゃべり、以前から着流しに番傘で、大学構内をそぞろ歩く趣味があった。

「未来論的にみたって、落語の世界てなあ立派なもんですな、江戸三百年にわたって続いた平和、こりゃ世界のどの国どの時代にもない、つまり、平和な時代に、どう生きるかってえ見本が、落語の中にあるわけなんで、未来学者がきいた風なことをいってみても、こりゃ一篇の浮世床、浮世風呂にかなうもんじゃない」

落研OBたち神妙にきき入り、この教授は、かつて明朗クラブの幹事だった。

明朗クラブは、十四、五年前にしても、すでに半ば忘れられた、漫画家や、漫談、作家が集り、社会奉仕とも売名ともつかぬ、活動をして、勲や副島は、その、明朗音頭普及とやら、地方文化向上のためとやら、ドサまわりも逃げそうな、山間僻地《へきち》にでかけた、土地の公民館を借

り、青年会の連中と一緒に、長椅子片づけて、ござを敷く、客のほとんどは老人子供で、たいていはまず、これも駆り出されてきたらしい、モダンバレーを専門の女子大生が、〽笑って暮せば、福が来る、辛い浮世もアハハのハという、しごく安手な明朗音頭のふりを教え、つづいて、漫画家の時事漫画、瀬戸内海で、遊覧船の沈んだ頃だったか、寄席のビラの如く、紙一枚ずつまくって、漫画家が、沈没状況を説明し、それはいかにも古くいかにも稚拙な絵であった、ユーモア作家は、聴衆に無縁なカメラの話を長々として、それでも途中で席を立つものはいない、副島は司会、勲は、進行係で、三食つき旅が出来るだけが楽しみ、山道で車がエンコすれば後を押し、寝台車でなければとごねる講師のため、駅長にたのみこみ、時には、はねた後、勲たちもサインをねだられ、断わるのに汗をかいた、宿へもどると、女子大生は、酒が強くて、講師を先生々々と呼んで甘えかかり、地元青年たちはびっくり仰天、まじまじとながめ入り、講師の誰だったか、座興に、女中の一人に傘を持たせ、一人は寝そべらせて、「姉はカサ持ち、妹はヨコネ、やるまいぞやるまいぞ」と洒落てみたが、青年たちに通じなくて、「まったく百姓はしょうがねえ」と悪態をつく。「俺たちの方がましだぜ、まったく」勲が怒り、事実、場つなぎに、勲が小噺いくつかきかせると、いちばんうけるのだ、「いやあ、裏方は裏方でいいんだよ、みんな名士の顔見にきてるんだから」副島はここでもなだめて、あたかも給料いただいている番頭のように、講師の面倒をみていた。

「いやあ、駄目ですよ、声色てなあ、しばらくやんないと、まるで脱けちゃうもんでね」

下地の入っている外食軒中毒、突拍子もない声で、だが、うれしそうにいい、ここへ来るまで、都家かつ江の稽古していたくらいだから、指名を待つ気は十分のはず。

「河原さん、ひとつなんかお願いしますよ」

声がかかり、教授は、つと制して、

「河原君はプロだよ、プロに酒の入った席でたのんじゃ申しわけない」

さも事情通のようにいう、勘亭流は、住職から筆と硯をかりて来て、隅にあぐらをかき、札を書く、二、三人のぞきこんでは、感歎する風で、中毒は、勲の知らない男をつかまえ、声はきこえないが、声色の手ならしするらしく、ゴム細工のように表情がかわる。

「よう、元気かい」

でっぷり肥った写楽が、ビール瓶片手に近づき、はじめなにやら照れくさいような雰囲気も、すぐ打ちとけて、三々五々に座がまとまり、

「子供さんは?」写楽がたずね、

「上が小学校一年、下は四つ」

「俺んとこはもう中学だよ」

いわれて気がついたのだが、写楽は学生結婚で、食えぬうち、女房が喫茶店に勤めていた、

卒業の年の大晦日《おおみそか》に、どうしても、家へ泊れとさそわれて、勲も、別段、大つごもりを親と共に過ごす気はなく、むしろ、就職も決まらぬまま、おめでとうと空々しい挨拶はうっとうしい、写楽と飲み明かすのもわるくないと、ついていくと、吾嬬《あずま》町の、佗しい煙草屋の二階、三畳の間借りで、「親父がうんといわねえから、おん出ちまった」事情説明するより、みせた方がてっとり早いと思ったのか、入れちがいに廊下へ出て、湯をわかすらしい女を呼び寄せ、「上《かみ》さんだ、九州の産だがね、今、レディス洋裁学院の専門部に通っている」藪から棒の話で、どぎまぎしている勲に、それ以上はいわず、三人でウイスキー飲みつつ、ラジオのヴァラエティショウを聞き、泊るもなにも三畳一間、しかも新世帯だから、何度か腰上げかける勲に、「いいじゃねえか、泊ってけよ、平気だよ」なあと、女にいい、女もうなずく、「冗談じゃないよ」と、いささかげんなり考えるところへ、写楽は、ふと顔を寄せて、「なんなら、俺たちの見せてやるからさ、お前、知らんふりして、寝てりゃいいんだよ、な」一瞬、見当がつかず、すぐわかったが、写楽、酔ってはいても、真面目で、あれは、お先まっくらのまま新年を、上さんと二人でむかえる心細さのせいか、あるいは、やはり荒《すさ》んでいたのか、勲は冗談にして、部屋を出ると、表通りは思いのほか人出があって、初詣でらしく、そのいずれも着ぶくれた姿が眼にしみた。

除夜の鐘も過ぎて、さて、これから車を拾うといっても、金はなし、地下鉄は終夜運転だから

「では私、外食軒中毒、外食軒なんたって今時わかる人はすくなくなっちまいましたが、まずは前座相勤めさせていただきまして」

ゆらりゆらりと、体ゆすりつつ、拳を口にあて咳払いしつつ、案の定、中毒が立ち上り、

「なにしろ長くやっておりませんので、お聞き苦しいところは、御勘弁いただきまして」

宙をしばしにらみ、ついでうつむき、

「まず御存知一人トーキーは都家かつ江」

待ってましたと、声がかかって、中毒の二人置いてならびにすわる一六亭札之助、これも声色が得意であった。勘亭流が、書き上げた札を、壁にとめる。

勲や、副島は、せいぜい手弁当で明朗クラブの随行、たまには選挙の応援かねることもあり、小遣い銭といえば、その時くらいだったが、声色の中毒や札之助、喉自慢の定連となって、これは鐘鳴らしても記念品だけだったが、そのうちさくらの口がかかる、千葉や群馬で公開録音の際、応募者のレベルがあまり低いと、恰好がつかず、駆り出されるし、やがて、十人抜きの趣向が流行しはじめれば、「コロシヤ」をおおせつかる。これは、十人抜けばかなりな賞金となるから、そうのべつまくなしに抜かれては局が困る、六、七人目のところで、中毒が登場し、先方も一つ二つの声色だけなら、技術まさるだろうが、中毒は、構成を考え、その時の、審査員の好みもしんしゃくするから、まずは怪しまれることなく、打ち負かす。

「中毒と、札之助の喧嘩しってますか？」

するめがいい、それは、まだ十人抜きの始めの頃、札之助が九人まで抜いたところで、これは偶然に中毒とぶつかり、同じ落研同士だから、札之助に勝ちをゆずって、賞金二万円のはずが、中毒、本気になって勝ってしまい、しかも、気がゆるんだのか、中毒は二人目の、変哲もない講談に破れ、札之助烈火の如くに怒ったという。

「両方とも、また挑戦して、首尾よく十人抜いたんだけど、それからは具合がわるくなってね」

同じ落研でいながら、中毒は「わらじ会」札之助は「かつぎ連」と派が分かれ、いずれもプロダクション風に、以後、さくらや慰安会で小遣いを稼ぐ。かつ江はいささか苦しかったが、すべて故人となった講釈師の声色となると、まるで衰えはなくて、中毒も眼をつむり、うっとりと演じ、

「彼の商売はなんだい」勲がたずねたが、誰も知らない。

以前のこだわりは消えたのか、札之助が率先して拍手し、

「いやどうも、お見事なもんですな」

河原が、一座見廻しながらいい、つぎは当然、札之助と思われた時、

「とんぼちゃんは生きていたァ、チイッ」

奇声をあげて、
今までどこにひそんでいたのか、羅生門とんぼが、とても芸人にはみえない、紺の上下地味なネクタイで、中央に踊り出し、バレーダンサーの如きポーズをとって、見栄を切る、

「ようよう」

誰かがいったが、突然のことだし、一座わくまでにはいたらず、とんぼはかまわず、エノケン、大河内、吉田茂の声色をはじめて、素人ばなれはしていても、このたぐいは、誰だってすぐに真似られるものだから、中毒の後ではひき立たぬ。

とんぼが、プロに転向したとわかったのは、交通事故の新聞記事で、怪我は大したことなく、酔っぱらい運転だったから、特にとり上げられたのだろう、年をみても間ちがいはなく、コメディアンと紹介されていて、そうきけば、別段、不思議でもない身の軽さを以前からそなえていた、〽俺は河原の枯すすき、同じお前も枯すすき、どうせ二人はこの世では、花の咲かない枯すすき、とんぼは、森繁の節まわしでうたい、思い入れたっぷりだから、なおみじめな印象、同業のよしみか、河原が声援をおくり、とんぼはまた、心底《しんてい》うれしそうにいちいちお辞儀をする。

「いやあ先輩、まずお酌させて下さい」

さっぱりうけぬまま、別に気にもしないのか、とんぼは勲のそばに寄ってビールをつぎ、だ

がまるで上の空、あちらこちらに挨拶をおくってこれも芸人の水になじんだせいなのか、勲が返盃しようにも、たちまち身をひるがえして教授の前に平伏し、芝居がかった身ぶりで、何ごとか言上、河原がわざとらしい高笑いをする、札之助は出番のきっかけ失い、すると、これも勘亭流、写楽と同じ、芸名を持たず、落研としてはゲテの一芸をもつ男、彼は、噺家の、高座へ出て、すわるまでと、ひっこみを真似るので、一言も口をきかない、「まず、円生師匠から」着物を用意していて、いくらかは顔つきもそれらしくつくり、そのつもりでみれば、似てないでもない、可楽、円馬、志ん生とすすんで、さすがに、コの字にかこったわずかな場所、うろうろ歩くだけでは間がもてず、となると、ふいにすべて白々しくなって、勲は、いったいここに集っている連中が、自分の仲間だったのか、信じられなくなる、それぞれに面影を残し、声をきけば、まがうことなき落研のメンバーなのだが、お互い肩を抱き、笑い合っているのは、心底からなのか、白けているのは、勲だけか、とんぼが立ち上り、勘太郎月夜唄を歌いつつ、あてぶりをはじめる、よろけて、ビール瓶を倒し、マンボエイトが雑巾とりに走る、勲はふと、もし自分が指名されたらと考え、身をかくしたくなる、柳好、円生、可楽といくらかはこなしたし、小噺くらいなら、今でもスーパーの親父連中集めての宴会で披露するけれど、この場では、まるで自信がない。

「出世コースじゃないか、労務管理なんていうのは」

誰かの酔った横柄な声がきこえる、とんぼは、民放プロデューサーの前で、かしこまっている。

「税金さえなけりゃいい商売なんだけどなあ」

「コックというのは、いい金をとるんだぜ、こっちは顔負けだよ」

誰も落研の想い出にはふけっていない、副島はどうしているのか、第二次落研の先達だが、ともあれ、ここへ来ない方がよかったかも知れぬ、中毒は酔いつぶれたのか、横倒しになって、ライバル札之助の膝を枕にする、勲は、話相手もないまま、帰るきっかけを求め、できれば写楽も一緒にと、考えたとたん、そうだ、写楽にやってもらおう、自分がここへ来たのも、結局、あの真似手のない芸を、もう一度見たかったのではないか、写楽がやれば、あるいは柳好を真似てみてもいい、探し求め、丁度、はばかりからもどったところで、

「写楽」

大声はり上げると、写楽は立ちすくみ、

「そうだ、写楽、待ってました」

期せずして一座、またにぎわい、写楽、何かいってるが、きこえない。

恨むようにながめるのを、勲、なおあおり立てて、

「写楽！　大統領！」

声をかけ、写楽は、思い決したか、位牌を背に姿勢を正し、近くの者は座布団抱いて、席を移す、しばらくうつむいていた写楽、すっと両手をひらいて、おもむろに左に向いたまま、顎ひいて顔を上げ、

「ようよう」

河原の声がかかる、勲の席からはまだよく見えず、やがて、正面に向き、たしかに眼は寄っているし、顔も引きのびてはいたが、だがその表情、写楽とは似ても似つかぬ、

「そっくり」

誰かがいった、写楽は息をとめ、なお、表情をつくりつづけるが、かつての、異様な緊張は、一座にいきわたるわけもなく、私語、ビール瓶のふれ合う音がきこえる、勲は眼をそらせ、すぐに、また見守る、写楽は肥りすぎたのだ、写楽より、ひょっとこに近い、おそらく、卒業以後、鏡にむかって、写楽を研究することはなかったのだろう、子供が近く中学に入るのでは、そんな真似もできやしない。

ようやく写楽の顔が元にもどって、まばらな拍手があり、一座は、似ていないことに、特別な感慨もいだかぬらしい、ほっとしたような写楽が、だまって勲のそばにすわり、にやりと笑う。

勲は、ふっと、いったいどういうきっかけで、写楽の役者絵を真似る気になったのか、きき

だしたくなる、鬚でもあたりながら、ちょいとしたはずみに、思い当ったのか、面疱《にきび》つぶしながらか、自分のある表情が、写楽の絵に似ていると気づいた時、どんな風に感じたのだろうか、他にはまったく芸はない、落研の会にきては、ごろごろ寝ころんで下手な噺をきき、「写楽」の一声を待っている、深夜、写楽の絵をながめつつ、鏡にむかってその表情写しとろうと、必死に顔ゆがめている、写楽を考えると、以前はまったく、それに思いいたらなかったのに、急におかしくなり、勲は、ゲラゲラ笑い出した、写楽もつられて笑い、

「柳好やってくれよ」

「駄目だよ」

「ずるいよ、人にやらせといて」

「やめたんだ、お前も覚えてるだろう、柳好の顔を、向島でみた」

「ああ、縁台にすわってたなあ」

「あれをみちゃ、できないよ」

勲のでまかせだったが、写楽は納得したようで、

「怖い顔してたよなあ、とってもサインなんか、もらえたもんじゃなかったなあ」

つぶやく、そこへ拍手がひときわ高く起り、みると、河原が、いかにも売れっ子の貫録ですっくと立ち上って、

「では、相馬盆唄をやらせていただきます」

勲も拍手しながら、今では、もうはっきり思い出せない、柳好の、あの陰惨な表情を、しきりに追いかけ、それが、副島のふくよかな顔にダブって、その、レコードかかえて歩く後姿が、ありありと頭に浮かんだ。

乱離骨灰鬼胎草《らんりこっぱいおにばらみ》

南北に走る地塁山地の、いずれの側も切り立った断崖、そして、日本海へなだれこむ突端は、風と波に浸食され、奇岩怪石が連なる。この、天然の景勝をかかえこみ、山地を背にして、卵《らん》塔《とう》村が在った。

前は海、漁業にたよるしかない、まずは貧しい暮しぶりだった。

山地の逆の側は、平野部で、古くから開け、明治中期、すでに市となっている。

卵塔村は、過去に一度だけ、栄えた。村名の由来でもあるのだが、山から良質の花崗岩を切り出し、墓石として売ったのだ。

山地のはるか南に、名僧が霊場を開基、あたりの信仰を集め、人々はここに骨を納めたがった。皮肉なことに、見事な杉林に囲まれた大伽藍の近くに石を産出せず、当時、すでに数十戸にまとまりながら、「夜見《よみ》の者」と呼ばれて、村名さえ認められなかったこの浜の、背後に迫る山を切り出して運ばれたのだ。

石の発見について、卵塔村にいい伝えが残る。

近くの港から、御門の勅使が、海上はるかな島へ向けて漕ぎ出し、それは、古い昔、流されて非業の死をとげた先帝の魂をなぐさめるためで、往路はしごく波穏かであったが、復路荒惑うた。

帆柱は折れ、船べり裂けて、藻屑と化す刻を、ただ待つばかりのうち、勅使は、あやめも分たぬ闇の中に、青白い光を見出し、水夫《かこ》を叱咤してその光に向け、漕がせた。そして半死の態で、ただ一人打ち上げられたところが、村の浜辺。

村人たちは、荒天をむしろ恵みとして喜び、つまり海草が浜に寄せられ、流木が流れつくためだ。

嵐の去った朝、恵み求めて浜に出た村人に、勅使は助けられ、明らかに言葉は通じるのだが、しばし浜をこの世とは信じかねた。京のおだやかな風景と似ても似つかぬ奇怪な岩石の姿、そして、苫屋、杣の仮宿ともいえぬ惨めな住い、海松《みる》巻きつけた如き村人の身なり、眼玉くり抜かれるか、胆とられやせぬか、生きた心地もない。だがいと不躾けながらその心根はやさしくて、ちいさな蟹の塩茹で、焼き若布、自然薯など、精のつく食べものを用意し、なにくれと労をいとわぬ。

主に漁《すなど》りして、生計を営むと判るが、釣りばり、網も持たず、山裾に荒れたいささかの耕地はあっても、鋤、鍬がない。

勅使はやがて、村の位置を知り、山一つ越えれば、島へ向け出立した港も間近か、なにより御門へ報告しなければならぬ。勅使の気持を察して、村の長は夜を待ち、若者に蔓で編んだ筏を出させた。

しきりに礼をいい、感謝の気持として、漁具農具を贈ろうと申し出た勅使を、長は押しとどめ、その配慮はいっさいいらぬ、いや、夜見の者に助けられたことも、口外無用にねがいたいと頼んだ。「わし等には幸い、手と足がある。冬に海草を拾い春萌え出ずる木の芽を集め、夏藻塩を焼き秋に山の稔りを味わう、これ以上は望まない」

勅使、これはてっきり遁世、世捨ての集りと考え、都でも川原や山中に庵組む隠者の噂をよく耳にする。うなずくと、若者の操る舟に乗り、潮にひかれて沖へ出れば、また山肌が青白い光を放っている、「夜見の石です」若者が教えた。

九死に一生を得た勅使の話は、たちまち尾鰭がついて京童に広く伝わり、中に、夜、青白く光る石とやらで、墓を築けば、さだめし六道の辻明らかに照らし出して、踏み迷うこともあるまいと考えた男がいた。

峻険な山を越えて、浜に至り、男は麻布、楮布、薬玉を用意し、即ち石を切出すために、相応の礼がいると踏んだのだが、村の長は受けとらず、山の石は誰の物でもないと、鷹揚な返事、男は石工を呼び、山裾にいくらも、陽ざし受けていと尊げに綺羅つく石の露頭があるから、勇んで断ち割った。

浜の者の筏で、いったん港へもどった男は、大船を用意して海路を運び、霊場に建立、先祖の菩提を念じ、自らの極楽往生をたのんだ。しかし、あの世ではともかく、この世で夜見の墓石は仇を為した。地頭が、燦然たるその姿に嫉妬し、男のささいな罪咎いい立て家を潰したのだ、のみならず、これまで世間と没交渉であった浜に、役人を遣わし、一族の墓のための石の採掘、運搬を命じた。この以後、夜見の石の名が広まり、浜一帯は、墓を意味する卵塔村と定まる。

江戸の中期、村はもっとも栄えた。石切場と浜の間に、厚い板が敷かれ、コロを利用して楽々と巨石を移動させた。

浜には三尋の深さまで、船着き用の石組みを設けた。すでに戦国大名たちきそって城を築き、そのための、石の輸送法がとみに発達、即ち、二艘の船の間に、木を渡し、この中央に石を吊り下げ浮力を利用して海を渡る。

はじめは霊場に菩提所を造る長者高僧大名だけが、夜見の石を求めたが、やがてあたりの町人百姓も入手に努め、元来、田畑売っても寺に供養金をおこたらぬ信心深い土地だった。

夜見は、黄泉《よみ》でもある、そこに産出する石で墓を築くことは、まこと符節が合う。卵塔村の黄泉の者は、やがて、墓穴を掘り、仏に捧げられた供物を、ひそかに処分する役目まで引き受けるようになった。

墓穴を掘ることは、死者の近しい者の、いわば勤めである。その上に飾る石塔にこそ貧富の差は生じようが、土にかえる終の棲家を整える作業に、高貴下賤の差はない。それがいつしか、死者の面変り、腐臭を怖れて、他人まかせがふつうとなり、また、供物は本来、乞食、畜生の養いとなるべきもの、これが無くなれば、即ち成仏したと認めるならわし。

だが、聖なる墓地に、そのような手合いの入りこむことを、町人百姓ともに喜ばぬ、墓を立派にしたため、汚されることを嫌ったのだ。

すると供えた生ものは腐り、故人の衣類また雨風に汚れて醜悪な態たらく、なにより約束事の成仏がたしかめられぬ。穴掘りとともに、その処分が、卵塔村村人の役割。

港を持つ平野部の町は、九州山陰、北陸東北、さらに蝦夷地までを結ぶ、各地産物交易の要として、殷賑を極め、伴い卵塔村も栄えた。

石は無尽蔵にある、冬は特に激しい海からの風をさけるため、石積みの塀がつくられ、働き者は同じく土台から壁まで堅牢な構え、村の主な道に石を敷き石室が築かれた。もどり船は、米俵や織物を運びこむ、京の派手やかな道具調度飾りものが行きわたり、歌舞音曲のたしなみも特別なことではない。

しかも、山一つ隔てた向うは天領で、代官がきびしく年貢とり立てるのに、卵塔村にその沙汰はなく、諸役に駆り出されることもない。

採掘の作業は単調な力仕事で、女も男に立ち混り、石目見分けて断ち割るのは頭の役目、〽この浜に井戸掘れば、水は出ず石が出た、いえ黄金じゃえ。〽名月をたずぬれば、明石こそめでたけれ、いえ夜見の浜。〽裏山で光るはなに、螢火か主の火か、いえ夜見の石。気を紛らわせるため、村人たちは口から出まかせに唄をうたった。木挽き、馬方の唄は一人だけに、哀調を帯びる、田植歌は、豊作を祈り、しばしば言葉に破礼《ばれ》が混り、堤を築き道普請の、土撞き唄ならば、一同息を合わせるため、調子が主体だった。そして、この石切り唄は上の五五、下の五五を男女いずれかが歌い、終りの七は唱和、きわめて陽気な節まわし。

切り出せば、その分わずかだが土地は広くなる、山の肥えた土を石地に覆せ、作物を植えた。また舟で運ぶ時、なれたはずの村人も、逆波に舵の手許狂わせて、石を沈めてしまうこともしばしば、その難所はほぼ決っているから、海底に堆積が出来、魚が集って、子供でさえ楽に釣れた。

勅使が流れついた頃、世間と隔絶した暮しぶり、代々の村の長は固く山の向う側、筏で半刻余りの、町方とのつき合いを禁じ、その理由が何であったかつまびらかではない。

そもそも需めに応じて、石を乗せた筏出す時、運び役に長は、港のある入江に石を置いたならば、決してあたりの者と交わらずもどり、代価受けとらぬよう命じたのだ。潮の具合いで夜運ぶ、朝、大小の石が積まれているわけで、夜見の、あるいは訛って、オニの貢物と呼ばれていた時代があった。やがて眼端のきく仲介人があらわれ、注文集めては浜へ漕ぎ寄せ、石にわずかな代価をつけた。いわれるまま手にした村人を、長は懲らしめ、銭を海中に投げ捨てた。もっとも貨幣など持ったとて、村で通用せず、町で物をあがなう術を知らない。仲介人は、織物を与えた。町で見受ける童たちの、赤いべべをわが子にもまとわせたくてと、持ちかえった者にいわれ、長は許した。たちまち町方の衣裳文物利器が流れ入り、貨幣とも無縁でいられなくなった。

しかし、作法を知らず口の利き方も荒い、稗飯粟餅にがつがつ喰らいつく村人は、嘲弄の的とされ、的とされた方は意味が判らず、にたにた笑ってばかり、気味悪がられもする。

どうにか人まじり出来るまでに百年近くを要し、長は三代替っていて、むしろ町に同化させようと努めた、手習いをすすめ、勘定に通じさせ、それでもなお、石臭いの、帷子はぎのと陰で指さされた。いかに交易の要といっても、平野を流れる川はしばしば洪水を起して、家屋敷を埋め、さらに夏の東風冬の北風が火を呼ぶ、百姓は三年に一度飢渇《けかち》に見舞われて、餓死逃散もざら、引きかえ、卵塔村の石造りは、火にも風にも強い、労さえいとわねば、石に不作の年はない。

一度、災厄が訪れた、着飾った村の娘が、町の祭礼に出かけ、若者に襲われたのだ。村の男が意趣返しし、明らかに非は若者側にあったが、町の旦那衆寄合って、卵塔村に五穀塩味噌いっさいの不売を決めた。

石切り、穴掘り人夫の、分不相応な栄耀ぶりに、根強い反感があったのだろう、小狡い商人も、枡を伏せて懇願する村人を追いかえし、たちまち卵塔村は飢えた、畠地といってもたかが知れている、もはや海草木の実は口に合わず、意趣返しの張本人を、町方の若者と旦那衆見守る前で、海に沈め許しを乞うた、犠牲の足には、墓石が縛りつけられていた、その夜、長の一人娘が同じく入水、沈められた男と相思の仲。

長は、村の南を限る崖の上の開墾を思い立った、すでに人口は千五百、糧食をまた断たれては丸ごと飢死しなければならぬ。年貢、諸役を免かれていることは、即ち、どのように難儀しようが、代官所の救済、お助け米を期待できぬと判った。密生する灌木の、盤根錯節を起し払い、稗を植えた、さらに山菜、魚を干して石室に貯え、奢侈に流れた風習を戒め、一度に求めれば、一揆の企てと謀られるやもしれず、蟻が餌引くように、麦、豆、味噌を買い入れてしまいこむ。

村には寺がなかった、羽振りよくなってから、しばしば坊主があらわれて、念仏の功徳を説き、帰命すれば卵塔の村人も西方浄土にたどりつき、御仏の袖にすがり得ると、しつこくまつわり、寺院の建立を勧めたが、そもそも西方浄土が判らない。死んでも村に魂は留まり、自分たちを見守ってくれると信じこんでいた、墓石で生計は立てるものの、なぜ、遠い場所に死人を埋め、目印の石を置くのか解せぬ。村では住いの庭先きに葬り、生けるが如くしゃべりかけ、また供物をそなえる、供物は子供たちが、食べてしまう。

「寺はいらんが、神社はお祀りせんといかんのちゃうか」長が村役にいった、五穀豊穣は神に祈る、どこの村でも、豊年をねがって神前にぬかずき、稔りを手にして、感謝を捧げる。農にたずさわる以上、むげにできない。

長、村役、肝煎りが、近くの白山神社へ、分霊勧請に出かけ、すげなく追い返された。つまり、外来である仏教の、もっとも下賤な役割担う村が、加賀の白山比咩を鎮守とするなどもっての外、神の怒りを招くと、神主がののしり塩を撒いた。

「よろしいがな、なんでも高天原いうとこに八百万《やおよろず》いてはるそうな、お社作って、鳥居たらいうの立てて、おねがいしたら、誰か来てくれはりますわ」年老いた肝煎りがいった。

村人に否やはない、神社を建て、自分たちだけの祭りを行う。これまでは、「氏子でもないのにお詣りしたら、神さんびっくりしてまう」「神様は何より不浄を嫌う、墓穴掘った手エでお鈴さわらんといて」人のふりにならい拝もうとすれば、常に嫌味をいわれた、踊りの輪に入れず、餅撒きに加われない。

たちまち二間四方の社殿、宮柱も太敷く造営、鳥居の高さ三間。御神体は、長の家に伝わる開かずの文庫《ふみくら》、中にその家系を明らかにした文書と、宝物が納められていて、これをあらためれば、一族骨灰のさだめという。

三度目の穫り入れの秋、文庫神社の祭礼が行われた。〽夜見の浜、過ぎたるものは、文庫神社、あなうれし、豊年の神、いやさきくませ。〽真帆片帆、風は真艫に、船帰り来る、七重八重、積みし宝ぞ、神のお恵み。

五・七・七をくりかえす、旋頭歌風、この他に、もっとくだけた、色めくものもあり、〽かわいやのう、次郎左衛門は石の下駄、かわいやのう、お夏心中立て、石の帯。これは、犠牲となった男と恋人の唄、〽千貫石なら石目で砕く、娘十八色目で口説く。〽千貫石でも叩けば割れる、娘ざかりがなぜ割れぬ。

天明五年の秋、卵塔村は、豪雨の後、鉄砲水に襲われた、これまでおよそ天変地異と無縁の土地、白山神社勧請にまつわるいきさつを、聞き知っている老人、さこそ祟りと怯え、文庫廃社をいい立てたが、時の長は受け入れず、押し流された家々の修復を進めた。

これは今風に考えれば、明らかに崖の上開墾によるもの、灌木を払ったため、雨水が土中に保たれることなく、ほとばしったのだ。そして、木と紙、土壁の家屋と異なり、多く石を用いて、火と風雨に強い卵塔村の、造りが災いを大きくしていた。水に土台を洗われれば、石といえども押し流され、互いにぶつかり、もみ合って移動する、水の一気に海へ突っ走った後に、石材ばかりが気ままに腰をすえ、村人の四分の一が死んだ。

長は、鉄砲水の、道すじを見定め、破壊しつくされた区劃を捨て、採掘場近くの台地にあたらしく家を建てさせた、二年後の夏、おおかた元の活気とりもどした卵塔村を、今度は大がかりな地滑りが潰滅に追いやった。

地塁山地は、平行して走る二つの断層によって、浮上って出来たとされる、つまり村は断層の上にあり、きっかけはちいさな地震だったが、まず台地のゆっくり崩れるにつれ、採掘で、裾を削られていた背後の山肌が、轟音を発してなだれ落ち、まさしく天地晦冥乾坤乱離、その余波は、海中に危っかしく突っ立った、通称瓊矛《ぬぼこ》岩を折り、眼鏡岩を崩し、急激に落ちこんだ大量の岩石により、逆津波が、はるか沖合に向けて押し出した。

地震そのものは、屋根の雀を飛び立たせた程度、町の者いささかもうろたえなかったが、続く無気味な鳴動に、表へとび出し、四方見渡せば、卵塔村の方角に当って、たしかに山が身震いしてみえたという、そして、土煙が中天に噴き上げ、「コマンダラコマンダラ」「アビラウンケンソワカ」「ネンピカンノンリキ」と、呪文やら経文唱える声が八方から上った。

三日後、海上から村の様子探った者は、あまりの変りように胆を潰した、町方のねたみをかった石造りの土蔵、塀、石室、海中へ突き出した船着場、また背後の山肌は石を切り出され、短冊形に幾条もえぐれていたのだが、すべてない、崖の上の稗畑も失せていた。

山は頂き近くまで、ざっくり削られて赤土の壁を立てた如く、その中ほどやや下から、やはり赤土が海に向け、なだらかな斜面を為し、以前の波打際より約八丁せり出す、南側の崖もずり落ち、あらたに幅十丁ほどの、傾斜地が生れていた。

海からみて、もっとも張り出した部分は、奇岩怪石の方に、かなり片寄っているが、まずは扇面状の土地、そして、海を埋めた部分は、たちまち波に洗われ運ばれ、半年ほどで、三分の一に縮小、押し出した土砂の中に、おびただしく混る石材が、やがてむき出しになると、波浪の力を消すらしく、そこで止った。

村に居た者は、すべて死んだ。その数千二百余名、しかし山へ入り、冬に備えて薪木を集めていた女二十八名、子供二十六名、老人九名が残った。天地晦冥の大変事が静まり、土煙の収って後、老人のひとりが村をながめ下し、一言、「村、いっこもあれへん」と、つぶやいたという。

彼等は村の跡へ降り、空しく村人の名を呼びつづけ、へたりこんで、どうにか涙流すだけの落着きとりもどしたとたん、涙はその夜の糧にならぬと思い当り、備荒の石倉もとより失せている。

寄せる浪と、時に崩れる土くれの音ばかり、陽が翳り、割れて、裂けて突き出た樹木の幹と石の露頭の他は肌理の荒い赤土ばかり、老人は削げた木肌の甘皮を子供たちの、一時凌ぎに与え、だが、舌なれぬ味に、いずれもが吐き出す。

話に伝わる勅使漂着の頃にもどっていた、手許にあるのは、斧、鎌、鋸、なわ、子供が帯に巻きつけていた釣針と糸。

このままでは飢死。老人たち評定のあげく、若い母親八名、娘十一名、子供六歳以上十八名は、卵塔村をとり敢えず出て、生きる手段を求める。「わしらと婆さん連中、幼い者は残ろ、足手まといなるだけやし、死んだ村人の守りもせんならん。なに、これだけやったら、なんとでも食える」

女ご衆が町で食べるとなれば、道は一つ、あたりでいうじごく稼ぎ、淫売しかない。「娘衆は、私ら様子みてくるまで残っとり、いかにもむごい。なんとしてでも稼いで、食いしろくらい運ぶよって」女ご衆がいった。子供は、墓場の供物稼ぎ、すでに年長の者は墓掘りを手がけていた。

その夜は、窪地に小枝敷きつめ身を寄せ合ってまんじりともせず、明けるのを待って、筏作り、海草拾い、魚釣り。家へ残した乳呑児が土に呑まれたのは、むしろ救いだった。

夜に入り、母親八名、子供十八名が、山稼ぎのままの身なりで、港へ向った。残った者は、窪地を広げ深くした底に、山の落葉敷きつめ、上を枝でおおう、土と木の室は、慣れた石のそれとはまた異る温かさで、老婆は幼い者を膝に抱き、老人の中のひょうげ者が、〽京の五条の米屋の娘、生れついての餅の肌、米の餅なら虫つきゃ欠ける、娘虫つきゃはらみ餅、唄って、滅入る気分を和ませる。

もっとも早く、村へもどったのは、年嵩の子供だった。月忌、年忌それぞれに、供えられた墓前の団子、強飯、粟餅を手当りしだいに盗み、葬儀用に使って放置された白黒の幕引きちぎって、包み、港のはずれ、水船となって捨てられた一艘をたよりに、浜をめざした。

久しぶりの馳走は、まず幼い者に与えられ、老婆が最後の残りを口にする、「町の衆、村は死に絶えたおもとるで」子供がいった。

「ほな卵塔村の者、いうことでなしに、供物下げたんか」

「そや、村がどないなっても、人は死ぬさかい、なんや乞食みたいんが、墓穴掘ってんの一つみたわ。今年は秋が早うて、作がわるいねんと。食えん百姓が、町に流れこんでな、港の人足しよる」

「村が死に絶えた思てんねやったら、乞食や流れ者が、わしらのなわ張り荒しよるな」

がかいのない子供が、彼等と競い合うことはきわめて危険に思える。

「墓場のことやったら、わし、お父っちゃについて歩いて、よう知ってるさかい」

「他の子オどないした」

「さあな、わし、ちんこいの二人連れとってんけど、夜のことやしな、はぐれてもた」

せめて泣き声上げれば、探し当てられたろうが、村の消滅を眼にした子供たち、泣くにもさけぶにも、声を失っていたのだ。

「女ご衆はどないしたやろ」

「なんや河原の方へ行くいうてな」

じごくの稼ぎ場所なのだ。

「死に絶えたおもてるのやったら、そない思わせとこ、卵塔から来たというてはならん、どこやらから食いつめて逃げたことにし」

一村瓦解、辛うじて生き残ったといっても、同情はされぬ。なんとか人混りできたのは、石を売ってなまじの町家より豊かだったからだ。

豊かさは村への反感を町の者に培った。これが同じ成上り者でも、干魚、棉実油、織物を扱い、眼端きかせてのことなら別、物が墓石なのだ。

坊主に先祖の供養を説かれ、綺羅を飾る夜見の墓石を建立、石英、長石、方解石を含んで美しいには違いないが、だからといって、特に先祖の功徳があるわけでなし、墓石そのものが何を産み出しもしない。

先きを争って求め、値を吊り上げたのは、町の者だったが、親の墓道楽により、貧しい暮し余儀なくさせられた子供は、親よりも、石を切り出し、売った者を恨む。

さらにまた、押しつけられた墓穴掘り、供物下げだが、長らく手がければ、不浄の烙印をいつしか押される。肉親弔う第一の手続きを嫌って、卵塔村にゆだねながら、いつしか、不浄の手合いに、わが親わが同朋の塚穴まかせかねると、拒否されることも多くなっていたのだ。

素姓を隠さねばならぬ、「女ご衆にも会うたらいえ」老人が、きつく命じた。

その女ご衆は、とりあえず山稼ぎの身なりだから、じごく遊びの酔狂な町の男を客にとれず、流れ人足の、酔いにまかせた嬲りに耐えて、褥は素足で踏み倒す葭ガ原、たちまち皮が切れて、血を噴き出した。

十六文の決まりが、十二文、一夜五人に抱かれ、ようようまとう古着一枚が、あらたな元手。身なり整えて、少しにぎわう夜道にたたずめば、ここでは逆になわ張り荒し、地まわりになぐられるのはまだしも、じごくの古顔につかまれば、衣類はぎとられ、髪を切られる。

年嵩の男の子は女ご衆を探し、素姓秘匿の一件告げて、いずれもが納得した、町での見聞を拾い集めれば、卵塔村に対する反感は老人たちの推測より深くて、祟りを為す者とみなし、生き残った者があるなら打ち殺せといきまく手合いもいた。

幸いだったことは、祟りの地を恐れて、もはや夜に青白く光る石も見えなくなった夜見の新浜を、誰も探索しなかったことだ、いや、果して幸せといえるかどうか、この以後の受難思えば、根絶やしこそが、のぞましかったのかもしれぬ。

女ご衆と男の子たちは、夜陰にこっそり会って、それぞれの稼ぎをまとめ、一人が、舟で村へ運んだ。

残った者は、身を隠すため、穴居生活をつづけていた、穴の上に幹を幾本も渡し、木の葉を厚くかぶせる、こうすれば炊ぎの煙は、葉に吸われて、目立たず、しかし、内にこもるため、とっくに涸れたはずの涙を、じくじく溢れさせ、いずれも眼が赤く腫れた。

幼い者に、まず食物を与えるしきたりは、たちまちすたれた、昼は隠れ、夜に海へ入り、険しい崖をよじて、薪木を拾う、苛酷な作業に、詮方なくひだるい毎日。まずはおのが養いこそなにより、そして、幼児は何の稼ぎももたらさない。

日増しに痩せこけ、つぎつぎと死んだ、もしその腕や脚に、まだいくばくかの肉が残っていれば、ためらうことなく貪ぼり啖ったであろう。

一方、供物下げの子供たちも、疫病でも流行ればともかく、そう死人が出るわけもない。野荒しを手がけ、籾倉に忍び、もっとも年端いかぬ者が捕えられ、見せしめの石打ちの刑。首までを土に埋められ、通行人に、石を投げ打つよう、村役人が強制する、断れば同類とみなされる。

血まみれの顔で、夜見の浜に吹く、冬の風の如き悲鳴洩らす子供に、年嵩の者が、いっそひと思いにと力いっぱい石を投げ、外れたから再度こころみようとすれば、「二度はあかん、なんちゅうむごい性悪な餓鬼や」役人が、突きとばした。

子供たちは、寒さに固く凍てついた、墓穴を掘り起した、運よく娘の亡骸に当たれば、棺の中に派手やかな衣裳、櫛笄、紅白粉がある、女ご衆に渡し、女ご衆は出所をたずねず、これで飾り立て、客の袖を引く。

「おのれ、罰当たりな奴やな」

ある夜、墓荒しの子供たちに、野太い声がかけられた、一瞬、身をすくめ、しかし、八歳の童子も逃げれば、いずれつかまり殺されると心得ている、脛になと食いつくつもり、でかい図体の男をとりかこむと、

「まあ落着かんかい、ええちゅうこっちゃ、死なばわが身を野に捨て、飢えたる獣の養にせよと、えらい御上人もいうてはる。どのみち腐れ果てるもんや。それより、それだけええ度胸しとんのやから、もっとええ稼ぎせんかい」

「ええ稼ぎて何や」

「肝や、もっともこれは死んでから日イ経ったんはあかん、その夜、まだ墓土のぬくというちでなけらな。一ケ二分で引き取るで」

「肝て、どこにあるねん」

「右あばらの下、ずしっと重い臓のもつ。そのなりではあかん、わしが塩壺渡すさかい、これに入れて、橋のねきに庚申堂あるやろ、あしこへ隠しとけや」

「金はどないなるねん」

「わし、朝夕、前を通る、壺があったら引き替えに、あこの疱瘡除けのまじないの中に、金入れておく、こんなん乞食も拾わんでな」

子供たちは、男から塩壺を受取った、二分といえば、眼のくらむような大金。墓場へつづく道を見張り、野辺の送りがあれば、はるか後から追う、墓前の施餓鬼を期待して、童の従う姿は珍しくないのだが、身なり貧しく、眼付き獣めいて、とても同年の中に混じれなかった。

身を潜めて闇の訪れを待ち、男のいった通り、埋葬直後の墓土は温かった、死人は孕った女、肝の在りか覚束なくて、滅多に刃物ふるう内、腹が裂けて、肝より先きに胎児があらわれた、すでに五体そろって人の姿をしている。

どうにか目当てのもの、月明りに赤黒くどっしり重い肝を切り取り、壺に押し入れ、ぬかりなくはいで置いた死人の装束に、胎児もろともくるんだ。

苦悶の果てに死んだらしい女の、眼ひんむいた表情を土でおおうのに、ためらいはなかったが、柔らかい肌の胎児を同じくするに忍びない。

庚申堂のわきを流れる小川に隠れ、男を待った、先きに壺を置くほど愚かではない。

「おう、来とったんか、壺は」

呼びかけられ、ふり向いた男がいった。

「金とかえことや」

「中、みせてもらおか」男は壺をあらため、死装束の間からのぞく胎児に眼をとめた。

「こらお手柄じゃ、ええもん拾うてきたな」

男が手をさしのべ、胎児かかえた男の子、一歩退いた。

「それも貰うで、頭味噌が精に効くんじゃ、蔵元の旦那がよろこばはる」

「これはあかん、売れん」

「あほか、そんなもん持って歩けんぞ、ほかしたら、犬の腹の足しになるだけぞ」

男の子たちは売らなかった。卵塔村の、何不自由ない暮しから、突然、奈落へ落ちこみ、べつに惨めに思う気持はない、しかし、石打ちで殺された子供、骨と皮に痩せて、死んだ八名の乳呑子を考えれば、生れる前に死んだ胎児が幸せに思えてくる。

「また、肝、たのむで」丹念に、塩を肝になすりつけ、渋紙に包むと、壺をかえしつつ、男がいった、「人助けや、労咳、血の道、脚気、立ちくらみの妙薬」

二分で米一俵と味噌二貫が買える、病気の女ご衆一人と共に、浜へ運んだ。冬のうち厚い雲におおわれるが、それでも時に陽ざしが洩れる。陽ざし受けて、人眼につくことを怖れ、穴に籠りっきりの老人、娘、老婆たち、肌に生色なく、眼は半ば脂で潰れ、病気の女ご衆が、しごく健康にみえた。

しかし、米の効験はあらたかで、女ご衆のかしいだ飯と味噌汁に元気とりもどし、さらに、男の子が、さすが生肝とはいわず、鮫の肉と偽ったそれを口にして、肌に艶を生じた。水ぬるむ頃となり、赤土にも草は萌えそめ、中に、備荒の石室から流れ出たと思われる、稗、粟、豆の芽が混じっていた。

万物の生命よみがえる春のためか、それとも死人の肝の精か、「このままでは、卵塔村の血筋は絶えてしまう」老人たちがいい出したのだ。

「文庫は失なわれてしもたが、わしらの上つ親は、貴種ときいておる、もったいなくも勅使漂着により、栄華のもたらされたんも、由縁あることや。血を断絶させることはでけん。幸いにして、養い草がたくましく育ちよる、孕むのじゃ、産むのじゃ」

老人は九名、娘十一名、祖父孫の間柄も五組あった、それまでやさしかった老人の、一変して凄まじい形相に、娘たちすくみ上り、若草を褥として、つぎつぎに犯されていった、冬中に多くみまかって三名残った老婆と、おびただしい血膿を鼻から吐き出したあげく、もげてかさぶたを顔の中央に飾る、女ご衆が声もなく見守っていた。

まことに皮肉なことだった、浜に、米塩の糧、肝を運んでいた子供たちは、一方で、安らかな死せる胎児の表情を脳裡に刻みこみ、「生れる前に死ぬのんがいちばん」「生れてしもたらろくなことない」心底、思いこんで、胎児を救うために、孕み女の、一人歩き見受ければ襲いかかり、腹を裂いて引き出し、人眼につかず、犬の鼻に嗅ぎ当てられぬ、大木の洞の中に安置した。

あたりに、肝は万病に卓効もたらし、胎児の頭味噌が不老不死の妙薬と、奇怪ないい伝えのあることを、代官も耳にしていたが、噂ばかりで証拠がない。しかし、現実に孕み女が難に遭い、胎児がむごい奪われようをするとなって、きびしく詮議、探索を進め、猿の如く素ばしこい子供たちも、逃げきれなかった。

肝の処分についてはかくさず白状し、肝密売の徒党一蓮托生の縄目に会ったのだが、胎児を奪う理由、その行方を、いかな拷問にも吐かず、町の者は、乞食の子供が、ええしに育つその幸運をねたんでの、所業とみなした。

稀代の凶行として、子供たちすべて、裸馬に引廻しの上、川原で磔。「アリャリャン、リャン」磔台の、男の子の前で、刑吏が交叉させおどしをかける赤錆びた槍の、打ち合うさまを、同じ川原の土手際、筵かけ渡したねぐらのかたわらで、今はまごうかたなきじごく稼ぎの女ご衆、見入っていた。

いずれも黴瘡が骨にからみ、まとう衣の色合いはぼけていても、真紅の花肌に鮮やか。男の子の母も三人混っていたが、じごくと墓荒しに分れて以後は無縁。

秋に、女ご衆たちは浜へもどった、体が弱り果て、なにより面変り凄まじく、腐臭をまとい客がつかない。処刑後、下働きに金つかませ、切ってもらった男の子の髪の毛だけをふところに、危っかしく小船操り、一年ぶりの浜は半ば草におおわれ、以前の荒涼たる印象はうすれている。

草原歩くうち、孕み女にでくわし、お互い大変事の生き残りとはすぐに判らぬ。片方は生命宿らせて、やつれこそすれ活気に満ち、片方は女盛りながら、満身に毒がまわっていて足どりも覚束ない、「あれ、多恵坊やないの」別れた時、まだ十五歳、まるっきりのねんねだった、「藤作さんとこの小母さん？」「そうやがな、一人欠けたけど、どないかもどって来てん、みな元気にしてるか」「へえ」いうなり、多恵は背中向けて走り出した。

まずはよかった、甲斐があった。乳呑児、老婆が死んだと、男の子に聞かされ、しかしそれ以上詳しい説明はなかった。いわずと知れた荒蕪地、じごく稼ぎ墓荒しの、わずかな支えで永らえ得るものか、着くまで、ひょっとすると迎えるのは亡骸ばかりかと想像していたのだ、だからといって今更、嘆きもしないが。

「待て待て、女ご衆、待てえ」

老人の威猛高な声がひびく、「おやあ、島田の爺っちゃ、もどって来ましてん、うちら」死ぬためにではあったが、やはり旧知の顔はなつかしい。

「あんたら、こっちへ行ってもらう」老人に、女ご衆をねぎらい、またなつかしがる色まったくなく、北を示す。

窪地に、おざなりの屋根をかぶせた住い、そこに鼻欠けの、女ご衆と、眼の潰れた老婆二人いた。

「他の人らは？」「南のはずれにおる、近づかんようしてもらわんとな」「久しぶりに会いたいわ、うちの娘元気におるねんやろ」「黴瘡病みは会うことならん」「顔見るだけでよろしいねん、うちらそう永いことないし」「あかんな、卵塔村夜見の者の血筋は、清らかに保たんとな。食いしろは、わしら運んだる、無用の出歩きは許さんで」

いい捨てて、老人は去った。

「なんでやの、話したからてうつるもんやなし」「娘らみな孕んろんひゃ」鼻欠けがいった、老婆がくわしく聞かせた、「春が来ると、お爺んら狂いよったで。多恵、牟芽、於園、りく、田鶴、よの、世知、この、佐久、せん、とくな、十三から十六までの未通女《おぼこ》を押さえて、夜昼間あなし、おのが孫であろうが見さかいない、そのうち浅間しやのう、娘も味覚えよってからに、オウオウ、ヒョウヒョウと、沖過ぎる漁舟の舵取りに聞こえんばかりのよがり声や、あげく子オが留ってのう」

女ご衆も、肝の効験とは知らず、「そやけどえらい元気やねえ、かつかつ食うてるのかおもてたけど」「男の子オのおかげや、元気にしてるか、わしらここに押しこめられて、とんと会うてないけど」浜、即ち死地にたどりついて気がゆるんだか、はじめて女ご衆は泣いた、ふところからひとつかみの髪をとり出し、それぞれが櫛でとかしつける、文庫様の糸柳の、若葉より柔らかだった髪は、汗と垢と脂に固まり、ぼろぼろと櫛の歯が欠けた。

女ご衆たちは、冷めたい仕打ちを恨まず、朝、届けられるわずかな海草、山菜、稗糠の団子、木皮を等分に食い、浜風湧水が力をそえたか、黴瘡による衰弱はとまった。

老人たちは、近づく娘たちの産月に備え、手近の海中に落ちている石材を引揚げ、産室を作った。発見されることを怖れ、石を支柱とした横穴で、寒さをしのぎ易い。稔った稗、粟、麦を手でこそぎ落し、干魚を貯え葛根を集め、やがて月盈ちてつぎつぎ生れた嬰児の、十一人中三人死産、六人が畸型人類に等しからぬ姿、一児は有尾、一児は小頭、一児は口蓋裂、一児は双頭、一児は単眼、一児は脊椎湾曲。

交わりは入り乱れていた、祖父孫の間柄もあったが、受胎の確率は少い。肝食った報いとは考えられず、あるいは母体の幼いせいか、または石に囲まれて長年暮したためか。

花崗岩は放射性物質を含み、その間を滲透して湧き出る水も同様、御影石で知られる六甲山塊近辺は、関東より放射線量が数倍多い。そしてショウジョウバエの実験によれば、この量の増加と畸型の発生率は完全に正比例するのだ。

老人たちは正統なるべき夜見の血筋を、期待していたから、直ちに新浜の外れに捨てた。この嬰児の泣き声を、眼の潰れて以後、耳の敏くなった老婆が風の中に聞き分け、女ご衆は老婆を背負い、その指示に従って、泣き声に近づいた。三児はすでに死んでいた、有尾、単眼、脊椎湾曲が辛うじて息づく。だが、溶くべき米の粉も葛もない、一時の凌ぎに女ご衆の咀嚼した粟餅、糊状となったのを口移しにし、夜、町へ貰い乳の船を出した。

しかし病みやつれた、衣裳のみ妙にけばけばしい女たちの抱く、異様の嬰児に乳房与える者はいない。三児とも死に、じごく稼ぎのうち、坊主が死者を祀ると知って、女ご衆は亡骸を寺へ差し出した。檀家でもないのに図々しいととり合わなかった和尚、畸型を知ってその出生をたずね、女ご衆はつい卵塔村と答えた、嬰児の姿眼にしたとたん、いとやさしげな口調となった和尚に、心を許した。

「あこに誰か生きとったんかいの」

「はい、細々と」

「して、産れたのがこのやや、三人?」

「もう三人おったけど、もう死んどって」

「ナムアミダブナムアミダブ、仏をないがしろにした罰やな、よろしいで、あの世では立派に成仏させたげましょ、へえ」

和尚は三児を塩漬けにすると、四月八日釈尊誕生の祭に、「仏罰覿面卵塔村、因果応報三畸児、念仏三昧大往生、再生浄土蓮華花」と銘打ち、見世物を催した。

卵塔村の大変事はまだ生々しい、何ごとかと諸人参集して、前年は飢渇、町の景気も冷えきり、賑やかしが好まれたのだ。和尚は竹の枝で台を叩きつつ、〽石の由来を申すなら、闇夜に光る夜見の石、黄泉の冥路を照らすとて、勇み切り出す卵塔村。欲につられてじゃらじゃらと、金にくらんでうかうかと、念仏忘れたその罰は、地軸揺がす大非常。卵塔一円潰滅の、後に残れる者三人、妹二人に兄者人、他に為すことないならば、兄妹たわけにふけりたり。

そのあげく産れたのが、三つの畸児、それぞれに親代々の因果を背負うと、見料十文で塩漬けの開帳、五月に入るまで日延べして、計百八両を稼いだ。三児を見世物師に売り払って、和尚は一人卵塔村へ渡り、老人たちに仏縁仏果を説き、この地の怨霊結界を解くべく念仏堂建立をすすめ、金五両を差し出した。

まるで逆なのだが、老人たち感謝し、「ところで愚僧の心耳に異形の嬰児の悲しげなる声が伝わる、何であろうか」畸型児の母が、涙ながらに訴えた、「悪縁よのう、放置すればなお祟りをなす、愚僧にまかせなさい。もしまた異形の出生したならば、道有山信理寺へ使いを寄越すことじゃ、異形とて仏縁の裾におすがり出来る」まるで前渡金の如く、三両を渡した。

畸型を産めば金になった、そして産めば半ば以上が畸型だった。もとより塩漬けより生きている方がいい、足なえ、小人、口蓋裂、多指など軽い者は生きのびた。卵塔村が、見世物のネタの宝庫と、畿内にまで広まり、二年置きに、浜で塩と生の、畸型児売買市が立つまでに十年かからなかった、正常に生れた者は邪険に扱かわれ、男女共、八歳で交りを強制され、三度つづけて畸型を孕まなければ、畸型腹の召使。やがては両国にまで卵塔の名が伝わり、ついに取締りを受けた、万延元年のこと。「人身は天地万物の霊なる故に天地万物の気を天禀身中に含む。時に感応して異常の姿為すあり、これ亦陰陽造化の明理、人意を以て予じめ定め難し。然りといえどもたまたま現われたる天禀異常の者を珍重し人寄せの具に供するははなはだ浅間しく、さらに本邦を危殆におもむかしむるべし」触れが出され、市は閉鎖、紅毛人の眼を意識してともいわれる。ほぼ七十年の間に、一方で、畸型を売りつつ、正常者は再生の基盤を築いていた、おびただしい石材の堆積は、以前よりさらに魚群を集め、漁港として望みを託し得たのだ。

波止の石を海中に投じ、船溜りを設け、この二つから、「鳰」「船田」の姓が、明治以後生れた。崖崩れを怖れて、住いを海に寄せ、北側に石を積んで風を防ぐ、赤土は茨、山吹、南天が繁り、これに因んだ苗字も多い。

因果見世物がすたれて、ごく軽い畸型の他の者は野垂れ死した、浜でも天禀異常が出生すれば淘汰して、三十年もすると、卵塔村の昔をとやかくいう者はいなくなった、のどかな漁村、鰤、鯛、鰯、鯖、鰈がいくらも獲れた。章魚、烏賊、カニ、ナマコを獲らず、ここにだけ畸型の村の歴史が残っている、四種を、魚における天禀異常とみなし、以前から網にかかっても逃がしていたのだ。

さらに七十年経った、昭和三十八年、電力会社の社員三名が、県議同道の上、卯塔漁協幹部であり、村議を務める茨木勇作の、宏荘だし、障子紙白々と輝いて、手入れも行きとどいているが、活気に乏しい住いをたずねた。原子力発電所の、敷地買収計画の第一歩、村は海に面し、背後を峻険な山にさえぎられ、人家まばらな平坦地。西側の港町も、さびれている、もともと河口港なのだが、土砂が沈積して、廃港に近い、あたりに人口十万以上の都市はなかった。

「私どもは決して企業エゴいいますか、そんなんの無理強いはいたしません。茨木先生には判っていただける思いますが、電力こそ国家です、そして電力の明日のエースは原子力発電、あ、原子力いうても、ピカドンとちゃいます、まるでちゃいますねん」ちまちまっと膝そろえた社員、眉を寄せ強調した、「ヒロシマ不幸なことです、ナガサキ恐いですな、そやけど同じ原子力いうても、発電は平和利用、平和日本のシンボルいうてええ思います。そこで」、社員、一息入れた。「組合員、村議の皆さん一人一人にお眼にかかってこの道理御説明したい、そやけど皆さんお忙がしい、お仕事の手エとめては悪いいうて、県議さんにしかられましてな、ほならここは茨木先生におまかせしょ。お酒なと飲みもって、ひとつ先生から、平和と文化の日本築くため、原子力発電所建設の意義を説いていただきとおます。こないな考えで、今日は参じました、ほなこれ、ひつ礼ですが、お酒代の足しに。いやあお婆ちゃんお元気ですねえ、お婆ちゃんお仏壇にお燈明上げさせて下さい、私とこも、浄土宗ですねん、お念仏ありがたいですなあ」

包み二十万、仏壇の前に八十万円が供えられていた。

「漁業補償て何を基準に出すねんな、この十年ほどは不漁や、そやが魚は潮のもんや、まあ、昭和二十五年頃の水揚げを、今日びに換算してやな」「家屋敷はどないなんねんな、原子たらいうもんが、ねきに建ってみぃ、おっとろしてて居られんで」「海にせよ陸にせよ、先祖代々汗と脂で築いたもんやで、近頃、漁礁たらいうてるけど、わしらの先祖、何百年も前からやって、子孫のため魚を集めてくれはった、そうそう渡せんで」「なんでこんな便悪いとこえらびよってんな、何か造るいうても、海から来んならん、茨木はん、こらよほど危いんちゃいますか、原子力は」素朴な反対もあった。

卯塔村漁協の水揚げは年々減少している、遠洋に切り替えるどころか、沖合いで根こそぎ獲っていく底引き船を指くわえてながめるしかない、若い漁師は漁業会社に雇われ、さらに下の連中は、魚に見向きもせず、都会へ出て行く。

ダム、道路、新幹線建設、海浜埋立ての補償を調べ、左右両翼の理屈屋そろえても立ち向った、しかし、電力会社説明員の言葉はまさしく夢物語、「お前、アホちゃうか」といいたくなる。過去でもっとも水揚げの多かった年の、実収入を今に換算、これを年六分五厘の利子とした場合の元金を補償、しかも、工事が終り、騒音や一時的汚染で逃げた魚がもどって来た場合、獲るのは自由。

原発の近くに住むのがいやなら、山の西側に宅地を確保、「冷暖房付き文化住宅を建てさせてもらいます」一人がいうと、上役が「文化住宅と軽々しくいったって、こちらにはこのあたりの伝統的生活にふさわしいお家をお建てした方が」「はい判りました」「うまいことごま化してもすぐ尻尾出しよる、西へ移るいうたらつまり卵塔からの追い立てやんけ」「そうでしょうか」「あちゃらからどないして漁に出るねんな」村民たちうなずく、「申し訳ございません説明不足で、御不満ごもっとも、隧道通します、はい。大型ダンプすれちがえるだけの」

トンネルがでける、村人は呆然とした。これまで山によって文化がさえぎられ、文字通り陸の孤島を余儀なくさせられて来たのだ。「小・中学校校舎の不燃化、公民館建設も考えさせていただいてます」「どうも若い者は上っ面ばかりで」上役がまた口をはさんだ。

「発電ばかりがお国に必要やない、四面海もてかこまれた日本は、水産立国の道も考えんならん。私は県の試験所をこの浜へ誘致、あたらしい漁業のモデルケースにしてはどうかと考えます。ま、いらんお節介かもしれませんが、私、魚好きでしてな」また、この見事な浜に海水浴客を招いてはどうか、京都から日帰りでけんことないが、民宿を開いたら喜ばれる、「これだけ見事な砂浜は、日本にたんと残ってません」

一同、ただ聴入った、なんか落し穴あるのちゃうかと。説明会は何度も開かれた、原子力の有効性、安全性を学者が説き、すでに建設中の、原発周辺住民が保証した、「若いもんがよ、村に居ついてくれるのが、わしらうれしかった、発電所に仕事あっからよ」

寄合い続きで肩が凝ったろうと、茨木を団長に「湯行会」が組織され、全国湯治場めぐり、費用は只、「カタがついたら、ひとつ台北へでもまいりましょうよ、なにしろ北投温泉の女は」係員が声をひそめていった。

村民のほとんどが、原発建設に賛成、反対者の理由は、どうも話がうま過ぎるということだけだった。村有地がまず売られ、一億八千万の金が役場に入った、漁業補償の前渡金が支払われた、隧道工事が始まり、工作機械はヘリで運びこまれる、浚渫船が海底を掘りかえし、石混じりの道をダンプが疾駆し、またたく間に、灌木ばかりの斜面は平坦地と代り、茨木がいち早く、南の外れに家屋を新築した。玄関は切妻屋根、主要部分は和風だが、タイル張りの洋館も付属して、圧巻は客間、あたらしい家具調度飾りものもさることながら、床が強化硝子、下に水槽をもうけ、鯉を泳がせた。これは電力会社が資材提供したもの、本格的ラッシュはトンネル開通以後に来た。

村長、村いちばんの年寄り、電力、建設関係者がテープを切り、くぐり初《そ》めの車に知事と代議士が同乗。選挙の際も、卵塔村は無視され、村民が実物眼にするのは初めて、さびれたといっても古くからの港町、そこの芸者もくりこんで、小学校雨天体操場の祝賀宴会、原発音頭と踊りが発表された、〽電気はみんな原子力、幸せ招く発電所、無病息災お家繁昌、ほんに世の中明るいな。〽栄える村のめでたさよ、轟くタービン原子力、千古変らぬ夜見の浜、鶴と亀とが群れ遊ぶ。

チロルの山荘、武家屋敷、金閣寺、モーテル、共同浴場、教会、要塞に、それぞれ似せた家屋が、つぎつぎ建てられた、村人の思いえがく、もっとも豪華な住いのイメージを、忠実に実現させたのだ、冬の荒い、雪混じりの風は計算に入れず、すべてに共通していることは、正面のどこかにタイル張りの壁があり、室内で飼う鯉と、階段の手すりにからませた人工蔦、シャンデリア、朱竹の掛物、熊の毛皮。建築業者の他に、絨毯屋カーテン屋美術商骨董屋犬屋が、映画のセットより安手な家並みを、常にうろついていた。

工事中、もちろん漁には出られない、沖合い二キロまで海は褐色に濁っている。親に金が入ったとなって、都市から息子たちがもどって来た、車のセールスマンが集まり、スナックが店開き。

何もすることはない、老人たちは一日、工事の進捗状況を見物するか、コンクリートの臭い立ちこめる新築公民館で、民謡の稽古、当主は朝から酒を飲み、遠くの競艇場へ通う。車になれない子供たちが、工事関係車にはねられて二人死んだ、マスコミからの問い合わせに答えない条件で、莫大な弔慰金が払われた。荒蕪地に掘立小屋を建てておけば、補償の対象になったとくやみ、工事騒音でも金がとれる、井戸水の涸れたのはどないや、村民たち、さらなる補償に眼の色を変え、着工二年目で、手持ちの金は乏しくなっていた。

「皆さん、これは吉瑞ですな、いや、ありがたい」とげとげしくなっていた村民に、原発責任者から招集がかかり、公民館に集ると、アチャコみたいな男が、壇上でまずいった。

「最後の基礎工事を終える直前、石の箱を関係者が掘り出しました、中に、この村の守護神、文庫様の御神体が、いささかの傷もなく納められておりました」

工事中、しばしば石材及び人骨に掘り当った、すべて機械まかせの作業員たち、そう気味悪がらず、監督は清めの酒をそのつどふるまい、妙な噂を防ぐため箝口令をしいた。百数十年前、無理な石の採掘がたたり、崖崩れのあったことは判っている、その時埋れた神社の、御神体があらわれたとなり、闇に葬るか、それも寝覚めが悪いと、原発側が考えこむうち、知恵が浮んだ。神社の名は「文庫」フミクラと訓む、「数字に当てたら、239ラやないか、プルトニウム239の複数、こら験《げん》ええで」

発電所の本体である原子炉は軽水炉で加圧水型、燃料棒は燃えながら、中性子を出し、不燃のウラン238をプルトニウム239に変える、この239は燃える。すでに、プルトニウムを使用する転換炉の建設計画も進められているのだ。

郷土史研究家を招き、神体あらためると、ぼろぼろの文書、系図らしいものが出て来た、

「皆さん、くわしくは残念ながら判らぬ、しかし、家系の冒頭にこうありました」研究家姿勢を正し、「天地開闢神武天皇に始まり六十代醍醐天皇末孫延喜御門に善見家発し、以下とびとびにしか判読できませんが、皆さんの上つ親は醍醐天皇様、浜の名称は夜見ではのうして、善いものを見る、善見なのです」

そして文庫神社の再興が約束され、その最初の祭礼が、発電所運転開始の日に行われた。制御棒が徐々に引上げられると、核分裂が連鎖し、加圧された水は三百五十度まで上昇、これによってべつの容器の水を沸騰させその強力なスティームがボイラーの羽根をまわす、生じた電気は超高圧線により、はるかはなれた京阪神へ送られる。一方、スティームを水にもどし、元の容器へもどすための冷却水は、海から採り入れられ、温排水となって、海へかえった。あたらしく文庫神社の氏子となった、醍醐天皇の末裔は、村有地分の金も山分けして使い果し、建設現場に雇われて暮した。

鯉死絶え、シャンデリヤはほとんど点かず、タイル剝げ落ち、冬は隙間風にたまらず、目張りした一室に家族寄り合って過ごす、しかしみてくれは華麗な住いから、地下足袋作業ズボン頰かぶりの、爺っちゃ、父っちゃ、兄さが、朝働きに出た。老人は一日、今は元の蒼さをとりもどし、漁礁に魚群の集う海を前に手を拱ねき、いくらでも獲れたが、買い手はない。運転開始の前から、放射能汚染を疑われたのだ、もっとも、見学者のため二艘だけが、一人あて日当五千円で出漁して安全性を装い、たしかに試験所の分室もできたけれど、温排水と、魚の成長度の関係を調べるだけだった。

運転以後、村民は各地から集められた作業員と共に、発電所で働いた。白、黄、赤の、作業区域の放射線量によって異なる、お仕着せのツナギを身にまとい、線量計、積算計、時にアラームメーターをぶら下げる。仕事はきわめて単純、かつ辛気くさかった、大小さまざまなパイプの中の水垢除去、床にあふれた水をウエスで吸いとり、一日中、ナットを締め外しするかと思えば、ピンホールを懐中電燈で検査、細い孔の掃除。放射線について、はじめおっかなびっくりだったが、慣れてしまえば、計器をゴム手袋にかくし、アラームの、本来五十ミリレムで警告するようセットされたものを二百とし、許容線量を越えると仕事にあぶれなければならないのだ。

作業のうっとうしさ、潜在する障害の不安のため、誰もが酒を飲んだ、孫請けに雇われた外からの作業員は一日六千円、彼等は出稼ぎで家に送金し、飯場代もとられる、村民は元請けとじか取引きだから一万二千円、家族三人働けば、他ではかなえられぬ収入。ただ、出稼ぎは、いやになれば移り得る、村人は離れられない、放射線を気にして、離職する手合いを、いくじなしとせせら笑い、村人はさらに勇敢になった。

関係者は、村民を重用した。まず外へ逃げ出さない、不安が深刻になれば、なお強がる。他に熟練のほどをみせつけようがないから、十分で危険値に達する区域に、一時間とどまって、これを自慢した、つまり六人分だし、さらに濃く汚染されていた場合、十秒でバトンタッチのこともある、連続する作業なら非能率この上なく、村民一人は何十人分もの働きと同じ。

この原子炉は、しかし欠陥が多過ぎた、年中運転休止して、点検修理、海にも大気中にも、放射性物質を放出し、反対運動の眼の仇とされた。一日に二千ミリレム浴びて、ごっそり毛の抜けた青年の写真がマスコミに登場、故郷へもどり白血病で死んだ作業員の噂、作業員にまぎれこんだルポライターの、不審な交通事故死が、取沙汰され、やがては、金で父祖伝来の海を売り渡した、漁民の豪邸と、うわべきらびやかな住いが、物笑いの種となった。

「余所者、締め出したらどないですか」県議に当選したばかりの茨木が、所長に談じこんだ、これ以上攻撃が強くなり、運転を長期間停止の事態となったら、村は消滅してしまう。「村の衆だけじゃ、手が足りんよ」「なんとでもしまっさ、あのトンネルがいかん、こわしたらよろし、あの風穴から、外の奴ら入りこんで勝手なことといよる、デモ隊、市民運動の連中、みなそうですやないか」原発に必要な資材は、整備された港に船が運びこむ。「しかし、こわすわけにもねえ」「わしらの死活問題でっせ」「まあ、村のことは村におまかせするしかないが」所長は、あいまいないいかたをした、しかし、原子炉本体二千億、付帯設備、工事費千五百億を、無駄にはできない、アメリカ並みの安全基準を適用すれば、欠陥炉ではないと自信もある。

県議は、トンネルを爆破した、そして、漁師のかあちゃんは、男より強いでっせと、四十以上の女にツナギを着せた、原発には、放射能による障害を怖れてという理由ではなく、作業員の気が散るからと、女性を入れないのだ。これも禁じられている十八歳未満も、働かせた、同じ村の中のこと、いくらもごま化し得た。

卵塔村一帯、花崗岩質で、湧水に五万ピコキューリーの放射性物質を含むときいて、茨木はさらに自信を持った、「生れピコキューミリレム育ち、何が怖いことあるかい」小学生高年の児童が動員され、大人と同じ賃銀、作業内容に変りはない。常時四百名前後が働き、一日八百万の収入、原発に休みはない、突発事故の際は動員がかけられ、危険手当てが支払われるから、年四十億以上になった。

「しかし考えどこやな」茨木が、腹心の村議を集めて相談持ちかけた、いかに豪胆ぶっても、放射線被曝量は、冷厳な事実、男の子種がなくなり、女の卵巣に故障起って、「精薄や不具ばかり生れたらどもならんで」「そら年寄りの方がよろしけど」「そやけど、連中、漁でけんようなってから、酒ばっかしくろうて、みなアル中や。頭の切り替えでけんからいかん」茨木、また新築した総檜造りの屋敷で、シャトウイケムふくみつつ口を継ぐ。

「原発の寿命三十年やて、後二十五年ほどで、そんな先きはともかく、ここ十年、稼ぐためにどないしたらええか、実いうとな、やっぱし子供は弱い、原因不明の熱出して、衰弱しよる」「聞いてま」村議たちうなずく、「爺いはヨイヨイであかん。男盛りが、なんし放射能のこっちゃ、ぽっくりいったら一家のしめしつかん。若いのんは次ぎの労働力確保のため、無理させられん、というて、今の九つ十の子オもたよりない、そこでや、どうせ死ぬんやったら、何も九つ十まで養うことないんちゃうか。床ふき、ねじまわし、パイプ掃除が主やろ、幼稚園行くようなったらでける、いや、訓練したら、もっとちんこうてもやりよる」「そやけど、なお弱いんちゃいます?」「若い奴等気張って産むねん、子供は消耗品と考えたらよろし、戦争がそやないか、計算してみ、五歳まで育てるのになんぼかかるか」「百万くらいちゃうやろか」「ふーん、お前とこ大分贅沢させとるな、まあええ、五十日働かせたら元とれる、単純に考えてやで。まあ無理させんと、上手に育てもって稼がせたら、かなり長持ちする思う。なあ、産み手の補充はそうきかんで、子オはなんぼなとでける、この理屈やがな」

軽やかな音楽にのって、保母が、三年保育の幼児とダンスしている、「おねじをクルクルクルクル、パッ、おねじをクルクルクル、パッ、おねじをガラガラガラ、パッ、小百合ちゃん、ガラガラの時は左まわしでしょ」壁に原発の、壁から露頭するパイプのバルブ、マンホールの蓋、タンク、チェーンの絵が描かれ、玩具もすべて原発内の器具、用具に模してある、「では雑巾しぼり競争よ、誰が上手かな」びしょびしょの床に、幼児がかけ寄り、ウエスをひたし、水を吸わせ、バケツにしぼる競争、「メッ、顔に水はねかせちゃいけないっていったでしょ」

原発内のいたるところに、パンダ、ドラえもんなどの人形がおかれ、フロアーは赤、黄、青に塗り分けてあり、すでに二年児は稼いでいた、園児にすれば、すべて幼稚園のおあそび。「赤い組のお友達いらっしゃーい、あのね、この赤いお道を走っていくと、ほらあっちの方に、見えるかな、赤いお壁があるでしょ、あすこのおねじを、これでしめてくるの、できるかな、ほら、ちいちゃい組の頃やったでしょ、おねじをクルクルクル、パッて、クルクルの時は、お箸の手の方にまわすのね、じゃ、いきましょう、ころんじゃ駄目よ」音楽がはじまる、幼児は懸命に濃厚汚染地域にかけ出し、ネジをしめてもどる、「お上手ねえ、さあ、みんな拍手ーウ、つぎは黄色い組の人」小学生は、ちいさい体を利して、タンク、マンホールの掃除、四年生以上は免除される、早い場合、女生徒に初潮が訪れるからだ、他に三十五以上の女、四十五以上の男が、一日いて〇・五ミリレム程度の場所で働いた。

五年経った、はじめて、子供の一人が死んだ、体自体、放射性物質化し、これを焼けば、灰がとびちり、反対派の仕掛けた検知機にひっかかる、海に流し、どこかへ漂着して、死因を探られてもまずい。「裏の山に埋めるしかないで」暇持て余しても、モーターボート乗りまわすか、猟に出るしかない青年の一人がいった。

「べつにわざわざ掘らいでも、深い穴あるし」

原発見下す山の、段丘となったあたりに、底知れぬ細長い穴がいくつかある、「成仏しいや」ちいさな棺が投げこまれた。穴の様子を、もし地震学者がみたら、怖気ふるったろう、まぎれもない、活断層異変のしるしだから。

砂《すな》絵《え》呪縛《しばり》後《ご》日《にちの》怪《かい》談《だん》

文化三年、十一月下旬、暮六つ入相《いりあい》の鐘を聞く頃は雨もよいだったのが、夜になって雪と変り、往来のすっかり途絶えた上野山下、大道講釈の葭簀《よしず》張りの前に、夜そば売りが荷を下していて、商うのは六十二、三の老爺。

背中丸め、銅壺の火に手をかざし、客足などまるで見えないのに、しぶとく居すわり続けるのは、大方この近くで開帳の、鉄火場を当てこんでいるのだろう。

野犬のかしましく鳴き交す声がひびき、まるでそれに追ったてられた如く、不意打ちにぬっと現われた男、「熱いところでいっぱい頼むぜ」洟《はな》をすすり上げつついい、かいこんだ風呂敷包みを、両脚にはさみこみ、寒そうに掌をすり合わせる。「八方ふさがりのまんま、また年の瀬か」つぶやいて辺りを見わたし、すでに一寸ばかり積った、その雪明りに、見世物の掛小屋、水茶屋の屋根が浮き出て、物音はしゅんしゅんとたぎる湯玉のひびきのみ。

男の通称を湯灌場《ゆかんば》の仙吉、その名の通り湯灌場買いをなりわいとする。当時、長屋で死人が出ると、家の中で湯灌を許されず、たいていの墓地の隅に設けられた湯灌場へ仏を運び、ここでその五体を清め、七穴を封じ、経帷子《かたびら》に着替えさせた。それまで仏のまとっていた衣類は、そのまま打捨てるのが常法とされ、仙吉、もっぱらこれを集めて、古着屋に売るのだ。これにも、もとよりなわ張りがあり、どのみち長屋の仏なら、まして末期の装束に、そう上物のあるはずはないが、仙吉の持場は菊屋横を右に曲った阿倍川町《あべかわちょう》、一向宗で唱念寺という寺の卵塔場《らんとうば》で、ここは老人子供の仏ばかり。

というのも、周辺はきわめつきの貧しい暮し向き、気の利いた若者は、男女共に奉公に出てしまい、ろくすっぽ寄りつかぬ。若い娘の労咳《ろうがい》の果てに死んだのなら、時には、晴着まとわせ湯灌場へ運ぶ親心に出くわして、これがなによりの稼ぎとなるのだが、仙吉にはとんと縁遠いことだった。

今も車坂《くるまざか》の古着屋と談判のあげく、「まあなんだよ、たまにゃ黄八丈の襟付に、緋鹿子《ひがのこ》の昼夜帯くらい持って来たらどうだい」番頭に憎まれ口をたたかれ、喧嘩別れとなったのだが、さて、屍臭しみついた古袷《あわせ》三着、どう捌《さば》くか思案も浮かばぬまま、つのる冷えこみに追われて、熱かんいっぱいひっかけるゆとりもない情けなさ。そばすすりこむと、さらにそば湯をしみったれて二はいねだり、後は唱念寺裏、昼間でも化物の出そうな奥の原の五軒長屋へもどり、膝小僧かかえて寝るだけ。女房於伝《おでん》は、芝神明蛇《じや》の目《め》金五郎という巾利きの傘屋へ下働きに住みこみ、三月に一度しかもどって来ず、とって四十二のいわば男盛りだったが、その気配など、いっさいうかがえぬ病み犬同然の明け暮れなのだ。

「ごちそうさん」十六文置いて仙吉、降りしきる雪の中にふみ出し、広徳寺までやって来ると、なにやら地べたにうごめくものがあり、みると薄汚れた巡礼姿の女、「どうなすったね」声かけたのは、べつに親切心からではない。何を発心したにしろ、行脚の巡礼が門毎に御詠歌唱えて、いただく御布施などたかが知れている、たいていは路用の小金持っているから、ひょっとして急な病いに苦しむのなら、看病のふりしてくすねよう、幸い近くに人影もなしと、地べたに膝をつき、苦しげに背を折ったその肩に手を置く。「向島《むこうじま》の請地《うけち》村は、まだよほどございましょうか」表情分らぬが若い声で、「請地へ行きなさるのかい」「はい」「そうさね、吾妻《あずま》橋を渡って、向島へ出てからだから、かれこれ一里かね」女はがっくりしたのかだまりこみ、身をもんで痛みに耐える様子。

「なんにしたって、この雪だし、それに物騒だぜ、こんなおそく川向こうへ渡るなあ」自らを棚に上げていい、夜眼すかして見れば、手甲脚絆に笈摺《おいずり》と、身ごしらえこそ整っていても、ほずれ汚れて、乞食に近い姿だから、胸算用がはずれ、といって、この雪中に放置するなら凍死してしまうだろう。

「何の用があるのか知らねえが、俺んちの隣が空店《あきだな》なんだ。夜着貸してやるから、今夜はそこで過ごしちゃどうだね。ええ」仙吉、妙な関り合いになったと思ったが、いくらか憐れを催し、うなずくばかりで、返事する気力もないらしい女に肩を与え、熱があるとみえて、火のようにあつい。

ようやく阿倍川町の長屋にたどりつき、座敷といっても六畳一間、それも二畳は板を張りつめ、古い葛籠《つづら》一つが全財産、「いま行燈《あんどん》に火を入れるから、お前さん、着替えちゃどうだい。

嬶《かか》あがいりゃ手伝えるんだが、生憎出ててね」行燈の明りでたしかめると、垢まみれだが、女の面立ち整い、年の頃十六、七で、寒さに蒼ざめた肌に、病いの熱気が浮き出てなまめかしい。「これをこう立てて」錦絵貼りつけた二枚屏風で、座敷を仕切り、仏の古着の中から見つくろって、二枚手渡す。

「ありがとうございます」「何もしてやれねえが、まあ心配しねえで休みなせえ。こういっちゃ何だが、女に悪ふざけする気力もねえんだ」自嘲していい、この言葉に嘘はなかった。死人からかすりを取って生きるたたりか、あるいは見るかげもない亡骸《なきがら》ばかり眼にするせいか、人並みにうまいものを食いたい、楽して世渡りしたいとねがう気はあっても、女の肌には執着がうすれていた。

於伝を、下働きに住み込ませたのも、一つには色盛り三十六のその体を、仙吉あしらいかね、表に出れば適当に男をくわえこんで、血の道の、のぼせることはあるまいと考えた上だった。出は品川の飯盛りで、よくつくしはしたが情も濃く、ままならぬ仙吉に焦れると、狐憑《つ》きの如き表情となり、さらにすすむと泡吹いて大の字に倒れこみ、頰がえしがつかないのだ。

まさか仏の一張羅とも知らず、娘は木綿の袷《あわせ》重ね着し、「おかげで助かりました。どうお礼申し上げていいやら」「空店で震えちゃ体に毒だ、ここで寝ていきねえ」仙吉、金にはならぬと分ると、急に仏心が生れて、自分は壁にもたれ、請地といえば、小屋者の住いと町人の豪勢な寮が隣合っている新開地、何用あって娘が巡礼姿でまかりこすのか、どのみち用もない体だから、明朝送ってやってもいいと、考えつつうとうと寝入るはなに、娘のすすり泣きが聞こえた。

「どうしたい、よほど悪いのかい、体の具合」「いいえ、申しわけありません。おさわがせして」「見た通りの暮しぶりで、何の手助けもできねえが、よかったら話してみねえよ、よほど何か事情のあるようだが」「はい」娘、居ずまいを正し、「私、人を尋ねて、江戸へ参りました」

娘の名はとみといい、兵庫の産。手広く海産物問屋を営む淡路屋の一人娘として、十歳までは何不足なく、育てられた。「それがまたどうして」「はい、それには母のことを申し上げねばなりませんが」とみも、それまで詳しい事情知らされていたわけではなく、三月前、母が大井川の川留めにあって、金谷《かなや》の宿に逗留《とうりゆう》中、急に血を吐き、死ぬ直前に聞かされたのだ。

とみの母ことは、やはり海産物を商う明石屋に生れ、器量もさることながら、書画琴棋茶の湯と、女のたしなみを身に備え、辺りに評判の小町娘だった。父の伊佐衛門また人徳者で、つき合いを大事にし、何ごとにつけ頭かぶに立てられていたのだが、こと十七歳の春、風邪が元で死去。

伊佐衛門に死なれてみると、生前、派手やかだっただけに、貯えとてなく、そこへ同業の淡路屋が、香箕泥棒よろしく、明石屋の取引き先を横取りし、一年経たぬうち、家屋敷を人手に渡す有様。芸が身を助ける不幸せという通り、ことは気丈に自ら申し出て、地元では気うつだから、父の店に由縁《ゆかり》の明石に移って、芸者に身をおとし、たちまち人気を呼んだ。習い覚えた遊芸の巧みはもとより、座敷で即興の砂絵が珍らしがられ、わざわざその一枚を求めるため、ことを呼ぶ客がいくらもいた。

砂絵というより、むしろ貝殻絵といった方が正しいのだが、習った業ではなく、祭礼の大道芸人の、子供相手にえがき出す筆先きを真似たもの。芸者が座敷で、ものものしく毛せんを敷き、絵のたしなみ披露しても、興ざめなだけだが、懐紙に糊で下絵を描き、紅桜青銀灰色と、きらびやかな貝の粉を流して、立田川の紅葉、瀬戸の日の出をあらわすのなら、立派な座興となる。

ことは、暇さえあれば、明石の浜に出て、色どり美しい貝を拾い集め、これを小さなすり鉢でくだき、色別に匂い袋へおさめて、常に肌身はなさず、これはまた、いつも潮の香をただよわせていた、父をしのぶよすがともいえた。

そして、この砂絵が縁となって、とみの実の父である由之介《よしのすけ》と、知り合い、由之介は播州姫路の、小身な武士の三男坊。二本差しに見切りをつけ、絵師として世に出る所存、独りで、江戸土産の錦絵版画の筆致をまねび、ゆくゆくは江戸、あるいは洋風を学ぶため長崎へ遊ぶ心づもりだった。

由之介とその朋輩の座敷に、ことがよばれ、例によって砂絵を描いてみせると、他の者の感歎するのをよそに、由之介のみ構図や色づかいに注文をつけ、それなら自分でやってみろとばかり、道具を渡せば、女のようにしなやかな指で、糊を走らせ、波間に躍る桜鯛の鱗《うろこ》の一つ一つを描き分けたのだ。

その場では、いささか慢心の鼻を折られて、そっぽを向いていたが、由之介の名が心に刻まれ、二度目の声がかかると、化粧も念入りに出かけて、今度は由之介一人だった。絵に打込むだけあって、通常の客の如くは騒がず、まるで子供同士のように、砂絵を描きあい、売っ妓のことをよぶには大枚の金を必要としたが、由之介無理な工面を重ね、ことも他には義理欠いて、逢う瀬をやりくる。

由之介に、ことを落籍《ひか》せるだけの力はなし、ことはまた大望抱く由之介の先き行き考えて、互いに晴れて連れ添う日のなにやかや、口にこそ出さなかったが、堰《せき》かれればこそ募る想いで、首ったけ。そこへ邪魔風が吹きこんで、淡路屋がことを手活けの花に飾りたいとの申し込み、女房が死に、すぐ本妻には、親類筋の手前をはばかるが、先き行き必ず家に入れるというのだ。

仇とまでいわぬが、いわば首吊りの足引っ張るような仕打ちを見せた淡路屋などと、ことはてんから相手にしなかったが、母の於蝶《おちよう》がまんまとまるめこまれた。ことから月々の仕送りを受け、何不自由ない暮しだったが、その内にまた、娘食いものにするいやしい性《さが》のしみこんだらしく、「少しは阿母さんにも楽させておくれよ」尿屎《ししばば》くらってお前を育てたのは何のため、老後に少しは手足のばして安穏な日を送りたいからじゃないかと、母の恩をかさに着る。父の死後、ことなどより、はるかに淡路屋を恨んでいたはずなのだが、仕度金四百五十両に目がくらんだか、ことさら貧乏くさい身なりで、料理屋の裏口に待ち受け、二両三両とせびるのは、店へ借金を増やして、のっぴきならなくさせる企み。

この成り行きを知った由之介、今のままでは埒《らち》があかぬ、やはり長崎へおもむき、和蘭陀《オランダ》渡りの画風を学び、あっぱれ絵師として、身を立て、必ず迎えに来ると、ことにつげ、それが男の決意なら、寂しくはあっても、止め立てできぬ。お屋形から三十両を借りて渡し、由之介は、我が身と思い肌身につけていてくれと、印籠をことに預けたのだ。

虫が消えたと、小踊りした於蝶だが、ことは以前にまして手きびしくはねつけ、しかも、別れの床で、ことは由之介の種を宿していた。このことが淡路屋に聞こえれば、一切水の泡と、於蝶計略にかけて、京の中条流孕女《うぶめ》お禄の許へ伴い、水子と為すべく仕組んだが、胎児の生命強くて流れず、やがて産声上げたのがとみ。

子持ちとなっても、砂絵おことの評判は高まるばかり、また、淡路屋の執着もうすれず、ことのなびかぬのは、二年前長崎へ出奔した由之介に操立てるためと分ると、淡路屋と於蝶は、梵天《ぼんてん》竜斎なる易占師と組んで、由之介が彼地で横死した如く装い、ついにこともあきらめたのだった。

「でも、私が十歳の折、由之介つまり私の父親は、生きていると分ったのでございます」これが、由之介の心変りのため、泣く泣くいやな男に嫁いだのなら、年月に洗い流されて、その面影も消えたろうが、なまじ死んだときかされたから、時が経つにつれさらにことの胸に由之介が刻みこまれていた、とみの生育だけを楽しみに、生人形の如く暮していたことは、由之介が、委細は分らぬが、長崎に達者でいると知って、すぐその許へ駆けつける決意を固めた。

十年近い光陰の流れは気にとめず、うわべ素知らぬ態で、旅仕度整え、もとより印籠を道中行李《こうり》の底に納めると、とみを連れて煙雨はるかな西国街道を、こっそり下ったのだ。

「で、由之介さんには」仙吉、たずねかけて、いやその首尾は、とみの見るかげもない巡礼姿で分る、母も金谷の宿で死んだというし、やれ気の毒なと、あらためてとみをながめ、「請地村へ行きなさるってのは、誰かお身寄でもいなさるのかい」「はい、そこに父が居ると聞いたものですから」「へえ、まあなんだ、うまく会えるといいが、お前さんはてて親の顔を知らねえし、先方だって、見分けがつくまいに」「はい、それは」とみ、口ごもって、説明せず、しかし、とみの内懐深く、いまわの際に母の遺した一枚の砂絵があった。

足手まといの娘を連れて、女の長旅、長崎へついたものの、由之介尋ねようにも、何の目星もあるわけではない。たちまち路銀がつきて、子供相手に砂絵を売り、これはまた、由之介の眼に触れれば、必ず気づいてくれるだろうとの神頼み。しかし、それだけでは雨露をしのげず、果ては生身の切り売りまでして、ようやくその消息が分り、ほぼ入れちがいに由之介は、長崎をはなれていたのだ。

すぐ後を追いたかったが、借金に縛られる身、ようやく済ませると、明石、兵庫を避けて、山陰道から江戸を目ざし、さすがにことも、やつれ果てた我が姿に、望みかなえられたとして、由之介が自分を認めてくれるかどうか、心もとない。「でもね、この御印籠があるからね、これをお見せすりゃ」燕子花《かきつばた》に配った板彫りの八つ橋、銀の毛筋を嵌《は》め、紺緑にいぶした名作、これだけはいかに苦しくとも手放さなかった。

しかし、この印籠も、厄鬼《やつき》の徳次という道中師にかすめとられて、ことはそれに気落ちしたためか、急に体が弱った。

「私は、もう駄目だけれど、お前には会わせてやるよ。今だって、私は由之介の眉毛の形黒子《ほくろ》の在りか、額うなじの生え際、生身の匂い、はっきり覚えている。でもね、もう十六年も前のことさ。ここでお前に克明に人相説明したって、はじまらないやね。おまじないを上げるよ。これさえしっかり抱いてりゃ、お前を由之介の許へ導いていく、おまじないを」肩で息つきつつ、ことがいい、布団の上に身を起すと、げっそり肉のおちた太ももかっぱと開き、「由之介、由之介」うわ声めいたつぶやき洩らして、指づかいをはじめたのだ。

とみ、仰天したが、やがて切なげな母の鼻息を耳にし、「ああ、ああ」と、糸たぐるように細く途切れぬ吐息にふれて、おおよその理《ことわり》は腑に落ちた。母の女陰は、痩せた体つきとは別物の如く、たくましい印象で、陰し毛また火炎を捲き、指の動きにつれ、あたりは瑞々《みずみず》しい色合いを帯びる、「由さん、抱いて、もっときつく」母の片方の手が虚空《こくう》をまさぐり、すぐ後手に身を支え、腰がしなやかにうごめいて、少しずつ前ににじり動く。

「由さん、由さん」もどかしげにくりかえしながら、やがて母はひしと袖口をかみしめ、しかし、笛のようなひびきが洩れて、どうと仰向けに倒れ、いつしかとみは、母の両脚に抱えこまれる形となっていて、眼の前に、その女陰が、大輪の花の如く、開いていた。

女陰は、幾重ものひだをうごめかせ、幾十条とも知れぬ、清澄なしずくをしたたらせ、ついに相会えなかった由之介に、千歳の想いを吐き出し、つきせぬ歎きを、訴える如く見えた。

食い入るようにながめるうち、ごぼっと、低い音がして、見れば、母は顔を横に向け、女陰と同じ色の、真紅の花を、畳の上に咲かせ、すぐには、それが喀血と分らぬほどの鮮かな輝き、だが、母は背を海老に丸め、虚空つかんだ指先きで、畳の目かきむしり、なおけだものめいたうめきを洩らす。

「母さん」とみ、その背にすがりつきなでさすったが、手ざわりは石の如く硬くて、「紙を、紙」母がいい、口ぬぐうのかとかたわらの懐紙さし出せば、母は、入念に、おのが女陰にあてがった。

「これを所持すれば、必ず由之介に、めぐり会えまする」吐淫した陰水の、形を紙に写しとり、その上に、喀血の血潮まぶした砂を、はらはらと流し、すなわちそこに描かれたのは、色合い姿そのままの母の女陰、「これが、お前を導きます。長の年月由之介に、焦がれた想い、今生《こんじよう》の名残りに託す砂絵の執念、いかで会わずに、すますものか」母は、自らの女陰をながめ、のめりこむように頭を落し、こと切れたのだった。

まじないの霊験か、あるいは父を慕うとみの心を神仏の賞《め》で給うたのか、六郷の渡しに乗り合わせた一人が、とみの姿にその発心を尋ね、由之介の名を告げれば、「たしか、向島請地村の近くで、その名に覚えがある。なんでもえらい繁昌の商人の旦那で」耳寄りなことを教えてくれ、それから、というよりは母の死後夢うつつの如く、東海道を歩きつづけた毎日、いよいよ父に逢えるかと思うと、雨も雪も苦にならぬ、ろくに食べも寝もせず、糸にひかれる按配で、上野山下へたどりついたのだ。

思いかえせば、まったく地理不案内の江戸へ入って、人に道を尋ねず、よく請地まで後一里のここへやって来たもの、「しかも、やさしい親方さんに助けていただいて」と、とみ涙ぐめば、「まあ、この辺り破落戸《ごろつき》が多いから、気をつけねえとな」仙吉、一人でしたり気にうなずく。

色気は涸《か》れていても、金っ気には未練があり、とみの話を聞くうち、むらむらと算段が湧いて、つまり、とみに代って親探しを買って出りゃ、めでたく親娘再会の上は、少なからぬ礼金にありつけよう。湯灌場買いの仙吉の、巾がきくのは仏のなわ張りだが、於伝は娑婆にあれこれ手ずるを持っている、由之介とやらの素姓も、たちまち知れるはず、「ゆっくり休みなよ、ここまできて体こわしちゃ、何もならねえ」親切ごかしに、破れ褞袍《どてら》をとみに着せかけ、仙吉考えこんだ。

翌朝、雪は上って雲一つない空、「お前さん、まだ顔色がよくないぜ。今日はべつに急ぎの用もないから、おら、ひとっ走り請地へいって訊いてみてやら。それに何だ、ちったあ旅の汚れもおとしていかないと、先様だってびっくらするよ。何、この調子じゃ、昼からぬかるみも乾くだろう、それから湯いでもいって、腹ごしらえして。とにかくなんだよ、おいらけえって来るまで、家の中にじっとしてねえ、昨夜もいった通り、物騒だし、近頃、野犬までうろつきやがる。じきにけえって来るからよ」仙吉、くどく念押して、表へ出ると、向島とは逆に、芝神明をめざし、小走りに道を急ぐ。

仙吉を信用したのか、とみはあれからすぐに寝息を立て、得たりと仙吉、持物を調べたが、金目はいっさいなく、しかし、行燈の光に照らし出されたその寝顔は、しごく美しい。先き行きの楽しみがなければ、つい悪さしかけたくなったほどで、ごくりと唾をのみ、こりゃどうころんでも仕事になる、雲つかむような親探しがふいになっても、遊廓に売れば固くみて二十両、いやこれだけの美女は、吉原で全盛の花魁《おいらん》にもいるまいと、うっとり見惚れ、明けるのを待ちかねていたのだ。

「何だい藪から棒に」また小銭ねだりに来たのかと、ふくれっ面の於伝を路地へ連れこみ、仙吉、手早く説明し「お前、心当りはないかい、請地の寮に住む由之介ってえのを」「知らないよ。何だね、息せき切ってやって来たかと思や、小娘の巡礼たぶらかした話かえ」「たぶらかしゃしねえよ、と、とにかくこりゃ金になるんだ。なにしろよ、とてつもない美人で、年は十六ってんだ」「お前さん一人でやりゃいいじゃないか、夜鷹《よたか》で稼がせて、上前はねりゃ寝酒くらいありつけるだろ」以前、品川でかわらけ於伝と異名をとった女だけに、冷たくあしらう。「とにかく、家へもどって、見てくれ。そうすりゃ分る」この雪どけの道悪をかい、駕籠《かご》でもそいっとくれ、と、憎まれ口たたきながら、於伝、昼過ぎに暇をもらうからと答え、「おっとお前、口のきき方に気をつけてくれよ、相手は年端いかねえ小娘なんだ」仙吉、つけ加えた。

話つけると、今来た道をとって返えし、煮売屋で、惣菜を求め、「おとみさん、もどったよ、腹減ったろう」押入れはないから、きちんとたたんだ布団のかたわら、人形の如く坐りこんだおとみに、仙吉は猫撫声でいい、「男手じゃ行き届かねえから、嬶あ来させることにした。みてくれはごついが、根はいい女だ、何でも相談しねえ」「あの、請地村の方は？」「おっと、そいつは何だよ、嬶あが八方に訊いてまわってら、心配しなさんな」はしゃぎ立てて、番茶を淹《い》れ、「しかし、長の道中、御苦労が多かったろうねえ」金づるにぎったとなって、言葉つきも変った。

「おやまあ、お嬢さま、たいへんでございましたねえ」暮つ方、於伝があらわれ、しごく狎《な》れ狎れしく、「亭主から話は聞きましたよ。本当にもう健気《けなげ》なことですよ、私なんぞ貰い泣きしちゃって」仙吉があっけにとられるほど調子よくしゃべり、「お加減いかがですか」「はい、おかげさまで、熱は下りました」「おうおう、じゃ、私が湯へお連れいたしましょ、旅の疲れはあったまるのがいちばん。私がおせな流して進ぜましょ」濃い血縁の者が、遠路訪ねて来た如く、こと細かに世話を焼き、「お前さん、五合ばかり買って来るからね」仙吉にも、愛想をいう。

旅の垢を洗い流したとみ、湯灌場の古着を、木綿ながら柄物に着替えて、輝くばかり、しかも病み上りと身の上のやつれが、翳《かげ》をそえて、仙吉まともには見られぬ、夕食終えると、「ねえ、お嬢さまにこちらを使っていただいて、私達は、隣で寝ましょうよ。ここに三人じゃ、気がねなさって疲れが抜けない」於伝、てきぱき取りしきり、とみの遠慮するのを、布団に寝かせ、自分は褞袍一つ担いで、仙吉に目くばせした。

「どうだい上玉だろう、父親探し当てての礼金は、まあ先方次第だが、女郎に売れば、まず三十両」仙吉がいいかけるのを、於伝せせら笑って、「ちいさいこといいなさんな、三百両が五百両だって。うまく運べばの話だがね」三百と、思わずおうむ返えし、声高にいいかけるのを、しっと制して、「それにゃお前さんの力を借りなきゃならないんだよ」「なんでえ、どうしろってんだ」「私が湯屋で検分したところ、あの娘は未通女だねえ」「そりゃ違えねえ」「天が下に身寄りはなく、未通女で、しかもあれだけのそっぽをしてるとなりゃ」「年は二八《にはち》で、色づく蕾」「これ以上の、金のなる木は他にあるまい。お前さん、とんだ拾い物をしなすった、雪の降るのに、花が咲いたねえ」くっくっと於伝忍び笑いをし、仙吉に三百両の見当はつかぬが、親探しなど、てんから勘定に入っていないことは呑みこめる。

薄壁一つへだてておとみがいるから、それ以上ひそひそ話もはばかられ、褞袍一つに二人くるまり、於伝つと仙吉の股間に手をのばして、「相変らずの甲斐性なしかえ」「いや」前祝いに久しぶりのお祭りをと、気ははやるが応えはなく、「無理しなくてもいいさ。でも、あの娘なら、お前さんでもおやせるだろ」「そ、そんなこたあねえ」「次第によっちゃ、御相伴《ごしょうばん》にあずかるといいや、効くんだそうだから」「なにが」「万事は明日のこったね」すぐそのまま寝息を立て、仙吉、びくりともせぬわがもの握りしめて、闇の中に、とみの面影をまさぐる。

明けぬ内から、於伝、本郷へ出かけて、訪ねたのは、表向き琴の師匠を装うが、実は中条流、十六年前、とみを水子になさんとしてしくじった孕女《うぶめ》お禄の住い。尻軽娘や不義密通の後始末を請負い、京都で不浄の産をなしたのだが、悪事露見して、江戸へ逃れ、性懲《しようこ》りもなく同じなりわいを営むもので、傘屋の伜が下女をはらませ、その種を流す仲介を、於伝が勤めたことから、じっこんとなったもの。

お禄は、京都で痛い目にあって以後、よほど確かな身許の女しか、中条流をほどこさず、数のうめ合わせに、こっそり回春剤をつくって、なえまらの歎きかこつ老人に売りつけていた。この薬は、水子と共に堕りる胎盤を酢づけにした後、青竹の筒に入れ、むし焼きにしたもので、「犬かて、羊かて、お産の後では、これをむしゃむしゃ食べますのや、つまり、産疲れを治す妙薬、若がえりに効くのんは、当り前やがな」鼻うごめかせて説明し、こればかりは人にまかせられぬから、奥の一間に、血まみれの胎盤つめたギヤマンの壺をかくし、風向きをはかっては、庭で落葉焚く風を装い、自ら火加減をあやつる。若い妾を囲う商家の老人、江戸常府の武士、さては在郷の地主など、人伝手《ひとづて》にきいてこれを求めたが、お禄、於伝には心許して、「まあ、せやけどいちばんよろしいのは、仏なぶりやねえ」「仏なぶり?」「お江戸ではどないいうのんか知りませんけど、腎虚《じんきよ》にならはったお方ようしよう思たら、若い女の仏さん抱かせるのや。こらてき面でっせ」京都では、寺院の僧が、なえまらの公卿によく提供したそうで、「七十、八十のよぼよぼでも、いっぺんに立たはりますえ」

於伝も、湯灌場買いの女房だから、いくらも死体を眼にし、そのいずれも、かちかちに固っていて、これは若い女でも同じことだろう、「抱くといいますのは、あの、添い寝するわけで、仏さんと」「あほかいな、ちゃんと腰使うて、せいぜいかわいがったげるんや。それでなかったら効き目おへん」「でも、仏さんはかちかちになってて」「そやから、お土砂でやわうしてさし上げますねん、妙法さんのまじないです」お禄は、色白で、なりわいに似ず福々しい表情、ただ前歯が欠けて、息がもれたが、「黄毘来砂、土運来根、劫被念色、磋塵往生」と唱え、指で宙に印字を切って見せた。

「でも、そんな気持の悪いことを」「何いうてますねん、殿御として、なえまら腎虚ほど悲しいことおすか、ようけ金も貯めた、ええ女子も囲うた、そやのに、どないもならんいうたら、こら殺生でっせ。うちらのお客の中には、そら、仏さん抱くくらい何でもないいう方、ようけおすえ」おかしそうに笑い、「そやけど、これだけはどもならん、うかつに手え出して、しくじったらあんた、房州上総一目に見渡せる台の上に、さらされてしまいます」

そして、若い女といっても、十七歳どまり、未通女がのぞましく、もちろん美しければなおいい、「考えたら供養なんやけどね、仏教の方では、男の情にふれんと死んだ女子は成仏《じょうぶつ》せんいうらしいでっせ」本来ならば、余多の男を楽しませ、自らも悦び汲みとるべき女陰を、封じたままでは恨みが残る、これを解き放ってやる功徳として、なえまらもよみがえるのだと説明し、於伝は、仙吉のなりわいを考え合わせ、いくらか心が動いたが、実行には移せぬ。「実は、今朝方、十六歳になる娘が、亡くなりました」お禄に、まだ生きていることだけ偽って、他はいきさつそのまま物語り、「妙ないきがかりで、仏様をかかえこんじゃったんですけど、以前、お師匠さんのおっしゃってた、あのことで、もし、なんなら」於伝もさすがに口ごもるのを、お禄もとぼけて「そら、気の毒になあ。十六いうたらこれからやがな」「あの、功徳の方のお話は、まとまりませんでしょうか。なにしろ急なことで」「急やからよろし」「はあ?」「労咳なんどで骨と皮に痩せてたら、いじけてしまう。今朝方亡くなったのやったら、今夜の丑満刻《うしみつどき》が頃合よろしな」「さよでございますか」於伝、ほっとして額に汗にじませたが、お禄けろっと「せやねえ、ひいふうみい」と五つ指折数えて、「今から使いの者やって、五人は集められますやろ」「五人?」「滅多とあることやなし、あんたかて稼ぎ多い方がよろしやろ、一人頭百両の供養料いただいて、折半でどないです」「けっこうでございます、それで、仕度の方はどのように」「仏さん、巡礼姿やて?」「いえ、今は私の古着を着せておりますが」「娘さんらししたらな、かわいそうやねえ」立ち上って縮緬《ちりめん》の着物に友禅の長襦袢《じゆばん》、黒繻子《しゆす》の帯、それに本べっ甲の櫛銀の平打の釵《かんざし》を用意し、「あんたとこ、湯灌場に顔きくねんやろ」「ええ、それはもうすぐ裏がなわ張りでございますから」「湯灌場に布団運んで、仏さん安置してくれたらよろし。後は、うちが算段つけますわ」於伝は、唱念寺湯灌場の場所を克明に教え、九つ半に落合う手はず。とんとん拍子にことが運び、だが、於伝にはまだ大役が残っているから、宙をとんで長屋にもどると、「なんとかしなきゃ、あの娘どうしても、請地へ行くってきかねえんだよ」仙吉が弱り切っていう。

「いいんだよ、まかしておおき」於伝、とみのいる間口を入るなり、「おおよそ目安はつきましたですよ。由之介さんはそりゃ立派な商人らしゅうございますよ」「じゃあの、父さんの居所が？」「えええええ、伊達に年をとっちゃおりません、知合いを尋ね歩きましてねえ」そして、風呂敷包みをほどき、「なにしろ亭主があの通りで、お恥かしいけど、家じゃとのわないから、借りて来ました」殺風景な家内では、一時に火の燃え立つ如く思える艶やかな衣裳をひろげ、「折角の御対面に、そのお姿じゃねえ。さ、お召し替えなさいまし、少し寒いでしょうが」裸にむいたとたん、懐紙が落ちたのを、とみあわてて拾いこむ。長襦袢はおって、恥らいながらとみも頬を紅潮させ、「まあ、きれいな色」「とんでもない、おとみさんだからこそ映えるんですよ」てっとり早く着付けをすませると、「少しおぐしをとかしましょうね、この手ぬぐいを肩にかけて」島田に結えばさぞ見事だろう豊かな髪をすくい上げつつ、用意の麻なわを首にまわし、うなじでからげて、ぐいと引きしぼった。

「クーッ」とみは、たちまち膝をくずし、なわに指をかけたが、於伝そのまま引き倒し、膝をその背中に当て、なお力こめれば、とみ、しばらく手足波打たしていたが、やがてがくりと首を落しこむ。

「おとみさん、これ、おとみさん」さすが息切らせながら、於伝うつぶせになって身じろぎもせぬとみに呼びかけ、体を起し、鼻に手を当て、溜息一つつくと、はだけた膝前をととのえ、布団をのべて、横たわらせる。

「どうだい、請地へいっぺん連れてくか」褞袍かぶって、たよりなげな仙吉を、於伝うんざりながめ、「お嬢さんはよくおやすみだよ、見て来てごらんな」「おやすみ？　さっきまで今にも脚絆《きやはん》まいて」と、いぶかし気に仙吉隣をのぞきこみ、しばらくして、どたどたっと仰天した様子が伝り、「お前、お前」顔ひきつらせて、於伝を指さす。「しずかにおしよ、他に人がいないからいいようなものの」五軒長屋の二軒空店で、住人も陽のある内は稼ぎに出て留守、女房持ちはいなかった。

「と、とんでもねえことをしやがって、気でも狂ったのか」「とんと正気さ、まあ、落着いとくれ、湯灌場買いが、おろくじにおどろいてちゃ世話あないやね」すっかり気をのまれて、へたりこんだ仙吉に、孕女お禄の話を聞かせ、「あれを抱くんだと？」「そうともさ、はらんで咲かせる女の花もありゃ、仏となってほどこす功徳も女の情、手引きつとめるこちとらにも、小判の花が咲くのさ、めでたいこっちゃないかい」「だってお前、露見したら」「気づかいないさ、寄辺《よるべ》ない巡礼の一人や二人、消えようが失せようが、江戸じゃよくあること」煙管《きせる》を一服吸いつけ、仙吉に渡しながら、「こうなったら死ぬも生きるも一蓮託生、お前さんがいやったって、私は抱きこんでいくよ」

手先きの器用な於伝、とみの頭をどうにか恰好つけて櫛釵《かんざし》を飾り、死化粧ほどこして夜を待つ、寛永寺の暮六つをきいて、仙吉、湯灌場へとみの亡骸を運びこみ、湯灌場は一間四方の板がこい天井は簀の子、下はしっくいで固めてあって、その上に布団を敷く。「抱くったって、もう板みてえにこわばってるぜ、これがほどけるにゃ、明日の昼まで待たねえと」「お土砂があるのさ、心配しなくても」花嫁の新床整える仲人の如く、於伝気をくばって「枕は一つでいいんだろうねえ、水揚げから五人にまわされるんじゃ気の毒みたいだけど、仏様なら苦にもなるまい」ぶつぶつつぶやく。

九つ半に、被布を着こみ、いかさま大家の女隠居めかしたお禄があらわれ、「よろしよろし、後、うちが引き受けるさかい。ほう、ほんま別嬪さんやな、面やつれもしてないし」いいつつ手燭をとみの顔にかざし、「ははあ、それも道理や、この仏さん。長なわの患いで死なはった」にたりと笑い、みると昼はさほど目立たなかった麻なわの締め跡が、くっきり首に刻まれている。「ほな、これ二百五十両、年寄りには荷いでしたで」於伝に紫縮緬の包みを渡し、「さぶいさぶいわ、人助けも楽やおへん」ちんまりとみの枕許にすわりこんだ。

仙吉と於伝、そそくさと長屋へもどり、山吹色を前に、大役果し終えた安堵感も手伝って、ものもいわずながめこみ、「これだけありゃ、信州へ帰って、田地を買い、安楽に暮せらあ」「なにいってんだい、田舎へ引っこんでおもしろいことがあるもんか。第一、湯灌場買いがそんな大それた買物してごらん、たちまち怪しまれちまうよ」しばらくはこのままの暮しをつづけることが肝要、使うのはいつでも出来ると、早くも仙吉に指一本触れさせぬ口調で於伝がいった。

お禄は、とみの裾を割ると、小筐《こばこ》の砂を掌にすくい、呪文唱えつ、その膝をさすり、さするにつれて、硬ばった下肢がゆるみ、ついでものの付け根に同じくする。とみの陰毛は未だ翳りが淡く、その下に延びた女陰も貝の如く閉じていて、たしかに手入らず。「成仏しいや、成仏すんねんで」砂を払うと、小壺の中から粘稠な液を指にうつし、閉じた縁に沿って上下させ、割りこませ、さらに大きく太ももを開いて、蛙脚にしつらえ、その動きにつれて、線の如くだった女陰ほころびて、二つの弁をあからさまにした。腰の下に、枕をかい、はだけた裾を、腹にたくし上げてまとめ、枕許に香炉をそなえると、湯灌場を出て、卵塔場にむかい、「どないもこないも、冷えてならん」立小便を放つ。

丑満時に近く、菊屋橋に一台の駕籠がとまり、立派な風態の男が降り立ち、唱念寺を目ざし、誰あろうこの男こそは、兵庫の淡路屋忠佐衛門、年に二度商用で江戸に逗留し、そのつどお禄から回春剤を仕入れていたのだが、目星い効験がなく、かねがねこの仕儀を求めていたのだ。

いや、淡路屋だけではない、時をずらして孕女のお禄が寄び集めた男で五人、すべてことに関り合いのあるものばかり、すなわち、梵天竜斎、厄鬼の徳次、とみには物語らなかったが、長崎でことを欺し、丸山遊廓に売った女衒《ぜげん》の勘太、そして、とうの昔に絵筆を捨て、本郷に小間物のかねやすとならぶ呉服商大和屋の入婿となって今は楽隠居、たしかに請地に寮を持つ由之介だった。ことの怨念、娘とみの体を借りてひき寄せたか、あるいは、そのいまわのきわに、自らの形を写し、血潮で色どった砂絵女陰の妖《あや》かしなのか。

「へえ、お待ち申しておりましたで」淡路屋が卵塔場に足ふみ入れると、闇からにじみ出る如く、お禄があらわれ声をかけた。「首尾はどないや」「もうそら上々、うちもこないにきれいな仏さんは知りまへん。生きてたら、豊国国芳もよう描ききらんでしょ、旦那は運がよろしおす」先き立って湯灌場へ案内し、手燭を布団の裾に置いたのは、首の締め跡かくすためだった。

淡路屋は、あられもないとみの姿眼にするなり息をのみ、とうてい仏とは思えぬ肌の色艶で、ましてこれが、十年近く同じ屋根の下に暮した、義理の娘とは気がつかぬ。「時間かけて、ようおみやす。仏さんもまたなまめいたものどすやろ、かわいがっとくれやす、仏への供養ですわ、供養はめぐって我が身の功徳、なえまらも立ちかえる春や卵塔場。仏のほとは、女の火戸《ほと》、旦那のごつい卒塔婆を立てたっとくれやすな」

お禄の、呪文のようなつぶやきにつられ、淡路屋は、とみの女陰ひたとみつめ、わがものにぎりしめてにじり寄り、お禄も口をとざして、手燭を、淡路屋の動きに合わせる。膝立ちした淡路屋、なえまらのまま、女陰にふれさせ、こすりつけるうち、わずかながら怒張しはじめて、「おう、おう」うめきとも吐息ともつかぬ太い声を出し、やがてお禄のほどこしたぬめりにさそわれる如く、わずかに没したが、それ以上かなわぬ。「新鉢やさかいね、少しはきしみますえ」とみの体ごとずり上って、すぐ板壁にぶつかり、そのねじれた形のまま、なお押しつけて、「むうっ」淡路屋は、ふいに動きをとめ、しばし凍てついた如く、そのままでいた。

「おめでとうさん、よろしおしたな。うちもお世話申した甲斐あったいうもんや」お禄の声に我れにかえって淡路屋、さすが返事もならず、抜き出したわがものながめていたが、むざんに押しひろげられ、しとど淫水に濡れる女陰を眼前にして、いったん頭を垂れたのが、また雄々しくなりかける。

「過ぎてはあきまへんえ、そのしゃんとしたところを、大事に抱えて、今度めは生仏さんに供養しとくれやす、へエ」お禄、薄紙を出して、とみの女陰に当てがい、淡路屋なお心残り気に立ち上った。

「この仏さん、名前何ちゅうねん」「よろしがなそんなこと。一期一会の縁ですがな、うちはまだ後始末ありますよってな、お先きへどうぞ、風邪ひかんようお気をつけやして」追い立てるように表へ連れ出す。

ことの出奔を知ると、淡路屋早速追手をかけたが、ついにとり逃がし、それまで形ばかりの夫婦、石のように応えのない妻だったが、いつか気持のやわらぐ時も来るだろうと、わがまま勝手にさせていただけに、落胆し、ついで怒り狂った。ことが家を出れば、身の置き場失う母の於蝶、まるでことの代りを勤めたいかのように、厚化粧してまつらいつくのを、まず叩き出し、於蝶は、人足相手に五十面下げて夜鷹稼業、瘡病を患って死に、最後まで、「尿屎《しばば》の世話して育てた恩を忘れて、決して畳の上では死なさぬ」と、ことを呪い、あるいはこの呪い、かなえられたともいえよう。

淡路屋は、明石、姫路に足をのばして、女遊びにうつつを抜かし、だが、身代背負った男盛りの一人者、床を勤める女は、何とか気に入られ、女房はかなわずとも、せめて妾にと、欲どしい算用があからさまで、そのなりふりかまわぬ奉仕ぶりをみると、ふと、ことの冷たいあしらいが恋しくなって、荒れさわぎ、ついにここ久しいなえまらとなったのだ。

立たぬとなれば、心細く、お禄に頼んで、どうにかよみがえったものの、妾を持たず、吉原へくりこむ気もさらにない。お禄のいうように、仏の功徳などではなく、いっさい応えぬ死体を相手どって、同じように冷たかったことのあしらいを思い出しただけのことと、淡路屋は気づいていた。

お禄は、紙をもんで、とみの女陰にさし入れ、淡路屋の淫水ふき清めると、洞の如くなったそれを、仏の眼閉じるように、指で押しふたぎ、次ぎなる梵天竜斎を待ち受ける。

竜斎は、看板に記した易占よりも、相談持ちかける善男善女の秘事悩みごとを逆にとり、強請《ゆすり》たかりを本業の小悪党だったが、淡路屋と於蝶に持ちかけられた芝居の、差配《さはい》とりしきって運が向いた。芝居というのは、長崎帰りの男にいい含め、土地の訛りで由之介の死をことに告げさせ、そえて、ことに手渡していた由之介の恋文を、於蝶から借り受け、筆跡を真似、偽造した遺言をわたしたのだ。

それまで音信不通で、疑心暗鬼のことは、すっかり気落ちして、淡路屋に嫁いだのだが、この礼金が二十両、これを資本に、小商い相手の烏金、せいぜい銭何貫を朝もとでに貸して、夕刻売り上げの中からとり上げる、もともと因業な老婆に向いたけちななりわいだが、利が利を産み、百両とまとまったところで江戸へ上り、市ケ谷に住んで怪しげな加持祈禱と、高利貸の二足のわらじ。借金のかたに無理矢理手ごめにした母と娘を、共に妾として同居させ、この他にも、病夫かかえる若妻や後家の頰を、金で張って荒淫三昧、そのむくいが腎虚となったもの。

「どないです、お気に召しはりましたか」お禄の言葉に竜斎、うなずき、やにわにとみの胸もとをはだけると、あるかない乳房をわしづかみにし、「あれあれ、仏さんですよって、手荒なことはつつしんでもらわんと」お禄くすくす笑いながらいう。なりふりかまわぬといった態で、竜斎、とみの苦悶のしるしかわずかに先きのぞかせた舌を吸い、指で女陰にふれ、猪の野荒しよろしく、鼻息を荒げる。

とみの腕に、お土砂をほどこしていないから、竜斎の乱暴なふるまいに、ぼきりぼきりと骨のきしむのを、気にもせず、脇からかき抱いて、腰を押しつけ、ふり立て、首尾よくおやった男根、先人の後だから苦もなく埋没し、生身相手どる如く、竜斎は膝にすくい上げ、後取りで攻め、「そないに気張ったかて、しゃあないのに」お禄、あきれてながめた。

「ちき生、生きてるうちに抱きたかったなあ」果てて後、あらためてとみの、端麗な表情ながめつつ竜斎がいい、「お気の毒に、仏さんやからこそ、でけますのやないか」お禄せせら笑い、「こわされてしまうか思いましたで。あんさんの相手せんならん女子衆も難儀やろ、あない強うては」くずれたとみの髪をととのえ、竜斎の汗を受けて流れた死化粧を直し、「仏の功徳いうこと忘れてはなりませんえ、南無阿弥陀仏の一つも唱えて上げなはれ」「またこういう仏があったら頼まあ」「そら約束でけませんな、さ、はよいんで、親子丼で口直ししなはれ」

三番目は、道中師の厄鬼徳次、女房に下谷で評判の化粧品屋を営ませ、三人の娘がいて、ことさら危い橋を渡ることもないのだが、紅白粉では本場の京大阪へ仕入れの道中、つい他人様の大事な品に目がうつり、病みつきといった方がよかった。江戸に在る時は、しごく物腰低く、おだやかな人柄、娘たちをかわいがり、誰もこれが、これぞと狙った獲物にはしつこくつきまとい、必ず手中にして、厄病の上をいく厄鬼と、仲間内であだ名される男とは、夢にも思わぬ。

金谷の宿が、川留めのため混み合って、相部屋のことの、所持する印籠に目をつけたのは出来心、毛筋嵌《は》めの銀がきらりと光ったからで、それほど値打ちのものと、ふんだわけではなく、家へ持ち帰ると、徳次は忘れ去っていた。印籠を失ってことが心の張りを失い、ひいては生命を落し、その怨念の凝って、やがて自らを滅ぼす因果の縁となるなど、まったく考えもつかぬことだった。

徳次が、お禄をたよったのは、なえまらの歎かこったからに違いないが、色欲満たさんがためではなく、道中師というより盗み働きの稼業に、古いいい伝えがあって、それはものの役立たずともなった時は、すなわち年貢の納め時、足を洗うべしというもの。勢が衰えれば、やがて心くばりもおろそかになり、つまらぬどじをふむのだ、たしかに場数慣れた徳次でさえ、旅人の後生大事と枕の下にかくしこんだ胴巻に、手をのばす時、全身総毛立つような恐怖感に襲われ、だからまた、目星つけた道中行李かっぱらって、中に金目のものを発見すれば、背筋がしびれ、欲得づく以外の快感があった。

これに較べれば、女を抱いてその肌合いに酔うなどものの数ではない、女房もらったのは世間態つくろうためで、ただ、徳次の本性知らぬ娘たちが、留守の多い父を迎えて甘えかかる時、ふと疚《やま》しい思いにかられ、それだけ幼い者をいとしく感じた。娘に肩身せまい生き方をさせたくない、といって、道中師の足を洗うふんぎりもつかず、立たせたところで詮方ないなえまらだが、いい伝えに怯《おび》えて、唱念寺へやって来たのだ。

前の二人とことなり、手燭の光に浮き出したとみの容貌にも、また、丹念にお禄がぬぐったが、ぬめぬめと濡れ輝くその女陰にも、徳次心を動かされず、「ほれ、仏さん待ってはったのや、いつくしんで上げなされ」そそのかされ、体を重ねたが気持は覚めたまま。お義理に腰つかってみても、そのつどぐらりぐらりとゆれる頭《こうべ》が不気味だし、すでにお土砂の要はなく全身硬直のとけた亡骸は、生身のしなやかさ、やわらかさとまったく別の、とりとめない肌ざわり、首尾はいかにと、のぞきこむお禄も邪魔だった。

徳次のよみがえったのは、手燭のかすかな光に、とみの髪にかざした銀の釵が映えたからで、動きをつづけながら、素早く抜きとり、ふところにしまい込む、死人の持物かすめたのははじめてだが、常の盗みと同じ戦慄が生れて、とたんに、わがものぬらりとくわえこまれた感触が生れ、「でけたがな、でけたがな、よろしおした」足もとに、お禄の声がきこえた。

四番目にあらわれたのは、品川本宿で、娼妓十四人を抱え、盛大に女郎屋営む女衒の勘太、長崎の産で、五年前に、路銀使い果したことに近づき、働き口を世話するとだまして、ことを丸山遊廓にはめこみ、とみもまた子守り奉公に売ったのだ。ことは、由之介の手がかり求めようにも、身をしばられて動きがとれず、夜毎に変る枕の主に、せめて砂絵を手渡し、これが何かのたよりになればいい、女郎に身をおとしたと知れば、さだめし愛想づかしされるだろうが、なによりひと眼、由之介に会えれば、死んでもよかった。

しかしまた、とみを思えば、わが身一つの気ままは許されず、三年間を血のにじむ思いで商売に勤め、勘太のせしめた前借金三十両と、とみの身代金を稼ぎ出しようやく親子再会し、さりとて明日からの目安も立たぬ。

砂絵にすがり、大道芸人として近在を歩けば、由之介の消息うかがうことができるかも知れぬと、浄閑寺を勧進場とする親方に頼みこみ、ここで思いがけず、道筋が開けた。五、六年前、同じような砂絵の上手が、この地にいたというので、年恰好姿形をきけば、由之介にまちがいない。「で、どうなさいました、そのお方は」「わしが、砂絵を見た時は、もう上方へ発った後じゃったもんな。おもしろい芸じゃけん、若い者に真似させたが、糊がうまくいきよらん、濃いけりゃ筆が走らず、うすめりゃ流れてしまう、むつかしいもんじゃ」親方は、仲間に加わるようすすめたが、由之介がいないとなっては、所詮無用の土地。たしかにこつを必要とする糊のとき方、筆づかいの何手かを教えて、わずかな金をもらい、ことは、親娘ともども巡礼の姿をととのえた。

江戸までのはるかな道のり、また江戸へたどりついて一里四方というその繁華の地に、何をよすがとして由之介を探すかということは、念頭になく、ことは鈴を打ちふり足を東に向けた。「南無大師遍照金剛」と唱えつつ、もったいないが、大師様の絵姿を、砂でかたどって、報謝を受け、また、三年間悪所の水に染まったわが体を、巡礼として歩くうちに浄めたいともねがったのだ。

一方、勘太は、女衒稼業のもつれから、人を傷つけ、急ぎ旅の草鞋《わらじ》を履いて上方へ向かい、宿場宿場の廓に、小娘をかどわかしいいくるめ、はめこんでは後白浪をきめこむ悪業重ねつつ、浪花からさらに東海道を下って、鞠子の二丁町で運が向いた。ここは家康お声がかりの遊廓、もと七丁あったうち五丁を吉原へ遣ったというほどで、大門、引手茶屋の格式をそなえ、その大店《おおだな》徳和屋に番頭として入りこみ、働きを見こまれて一軒出店をまかされる。小金を溜めて、品川に女郎屋をかまえたもので、主人となっても女衒をやめず、はめこむ女の初味を、必ず自分でためしたが、近頃、思うにまかせず、お禄の力をかりる仕儀。

十二、三のまだ生えそろわぬ小娘から、度重なる鞍替えの古強者まで、さてはかわらけ熊女、女役者くずれ破戒の尼僧と、色かわり品ことなる女体味わいつくして、あげくのなえまら、だが、まだ思いを残す根っからの色狂いで、とみを見るや、舌なめずりして抱きしめ、さすがに隆起した男根、二の腕ほどもあって、お禄もおどろいたが、果てて後、ぽっかりと大きな洞が空き、「こらあんた、えらい傷もんにしやはって」「てやんでえ、どのみち後は土に埋めて、地虫の餌食だろう、しかしなんだ、仏ってえのも味なものよ」憎々しい口調でいい捨てた。

まだ一人、客が残っているから、お禄、懸命にとみの女陰閉じさせようとしたが、かなわず、これではとても未通女といいくるめられぬ。しかも、きびしい寒さだが、男の熱気に包まれて、腐れの早まったか、屍臭が立ちのぼり、「ここまでの仕事や、あぶれた客人には気の毒やが」お禄、卵塔場に待つ由之介への、ことわりを考える。

由之介は、自らの意志でなく、若い後妻がお禄に頼みこんで、ここへ足を運ばせたのだった。請地の寮で、昔とった絵筆のすさびに、時のうつろいを忘れていれば、それで満足、女っ気などさらに必要としなかったが、年増盛りの女房は、色と欲二つにからめて、由之介を責めたてる。

長崎へおもむいたものの、ここには和蘭陀の諸式を学ぶ若者がいくらもいて、由之介と同じくその画風研鑽《けんさん》の目的の絵師も多く、そして、たちまち由之介は自らの才の無さを思い知らされる。明石あたりで、小器用に絵筆はしらせ、女子供にこそもてはやされても、到底天下には通用せぬ、となるとことの約束も、まるで望みはない。時に砂絵のいたずらをして、その面影しのぶことはあったが、どのみち浮川竹の浮かれ女だから、長いものに巻かれ、おもしろおかしく世を過ごすのだろうと、手渡された三十両の底つかぬ内、上方へ移り、まったく宗旨を替えて、呉服屋の手代に雇われたのだ。根は堅気な人柄で、無頼の絵師よりよほど水が合い、算盤玉器用にはじき、主人の信用を得、五年目に、支店である本郷の大和屋が不手廻り、その身代立て直しに望まれて、婿となったのだ。婿といっても、子を連れて出戻った娘とめ合わされたので、女房が七つ年上。

身を粉にして、働いた甲斐あって、傾いた身代持ち直したが、女房は他界、すすめられて後妻をもらい、これがしごく気の強い女だった。先妻の連れっ子はそろそろ二十に近く、家を継いで当然なのだが、後妻は、それでは自分の身分に安心がない。もとはといえば、大和屋を立て直したのは由之介だし、連れっ子とは何の関係もないはず、先妻がいったん外に出てはらんだ種が、楽々と大身代いただくなど筋違い、自分の腹いためた子供こそ、家督相続者といい張る。

連れっ子は、おとなしい人柄で、さして年の違わぬ継母によく仕え、その意のあるところ察すると、先廻りして、自分は暖簾《のれん》を分けていただけばいい、いやそれより、反物拝借して行商に出るのも修業の一つと、へりくだり、すると後妻はますます威丈高となって、由之介を責め、子種をせびるのだった。

すっかりいや気がさして、由之介は、世間態もあるからと家業をいったん連れっ子にゆずり、もし、後妻との間に子供ができたら、その成人を待って、必ずこれに継がせると、とり決め、隠居したのだが、となればなおのこと、後妻は、得体の知れぬ生薬まじないをすすめ、祈禱師までよんで、自らは厚化粧し、夜をまちかねて、由之介にかじりつき、あげくの果てに、仏を抱くことまでそそのかした。

「すんませんねえ、手違いでして、生娘とばっかし思うてたのに、えらい男ずれした仏さんですねんわ。これでは験がおへん。いただいたもんはお返えししまっさかい、今度めまで待っておくれやす」お禄、あらわれた由之介にいい、「いや、私も気がすすんでのことではない。しかし、女房には、首尾よく果したといって下さい」「よろしおす」由之介、糸に引かれる如く湯灌場へ入り、これも何かの縁と、用意した数珠をまさぐり、あられもない形で、横たわる亡骸が、実のわが娘とは知らず、回向《えこう》をたむける。

「あの金は、仏の供養につかってくれればよろしい」「そらおおけに、おかげで成仏いたします」三拝九拝するお禄を後に、由之介は去ったが、しかし、由之介に焦がれて生身を汚されたこと、父を慕って亡骸いたぶられたとみの執念は、それと気づかぬいっぺんの回向供養料で、消えるものではなかった。

「かまうこたないから、空店の床に埋めちまいなよ」亡骸の始末に首ひねる仙吉を、於伝がせっつき、「お前は、芝神明で暮すからいいようなものの、俺は、当分ここに居るんだぜ」「だからどうしたってんだい、化けて出るとでもいうのかい? いいじゃないか、あれだけのそっぽした幽霊なら、待ち遠しいようなもんだろ」いわれるままに、仙吉、穴を掘って埋め、「ちょいとお待ちよ」於伝は細かく眼はしきかせて、「ごらんよ、いい品だねえ、玉子でこさえた卵甲、馬のひづめの馬爪なんてまがいじゃない、正真正銘本べっ甲さ」おとみの髪にさした櫛を抜きとり、土をはらってしまいこむ。

長屋じゃ不用心だからと、二百五十両のうち十両を渡して残りを於伝が預かり、翌日からまた仙吉、湯灌場買いに歩いたが、山吹色が眼にちらついて、精が出ぬ。結局、長屋へ居すわり、昼酒をあおり、時に気になるから、隣の空店の床を調べ、十日ばかりは何のこともなかったが、半月近く経って後、しっかり固めたはずの土がひび割れているのに気がついた。

死人の腹に瘴気《しょうき》が生れ、ふくれ上ることはよくあるから、心配もしなかったが、二十日後になって、こんもりうず高く盛り上り、怖る怖るくわで掘りかえすと、美しい顔も、しなやかな腕も、半ば土にもどり、くずれているのに臍を中心として腹だけ、つやつやと肌が光沢を帯び、ぎょっとした仙吉、くわの柄で突っついてみると、こりこりした手応えがある。あまりの不思議に、怖さを忘れ、しゃがみこんで見つめると、中にうごめくものがあって、腹の表皮がうねり、掌を置けば、たしかに動きが伝わった。

「この仏、孕みやがった」仙吉つぶやいて部屋へもどっては酔いのせいかと頭をふり立て、また床下をのぞきこむ。この寒気に、埋めて二十日なら、まだほとんど亡骸は崩れぬはず、それが早くもしゃれこうべをあらわにし、脛の骨など洗いさらされたような按配で、これは腹の子が、宿り主の体食いつぶすためであろう、納得がいくと、親しみが生れ、どんな子供が世にあらわれるのか、待ち遠しい気さえする。

大晦日にも、於伝はもどらなかったが、仙吉気にもとめず、酔い痴れて床下に腰をすえ、さっぱり見当はつかぬが、どうやら仏に虫がかぶったようで、今は、肋骨もあらわとなり腹のみ小山の如く、それが小刻みにふるえつつ息づく。やがて諸〻方々の寺から除夜の鐘がひびき、あらたまの年たちかえる初水を汲むつるべの音もめでたく、文化四年の、春が明けたとたん、洞穴のような女陰から細い手があらわれ、するりと、肩が抜け出て、とみの亡骸から女児が誕生した。

仙吉、すぐにとり上げて、湯灌場の古着にくるみ、「よしよし」とあやしたが、さて乳の当てはない、米の粉を湯にとかし、唇にふくませても吐くだけで、「こりゃ、おっ母さんに化けて出てもらわねえとなあ」泣きもせぬから、かたわらに寝かせ、うとうとするうち、「ごめん下さい」訪《おとな》うものなどないはずの長屋に若い女の声がかかり、「へい」と上体起すと、とみがいた。

息をのむ仙吉に、とみにっこり笑って、「おかげさまで、父さんにも相まみえましてございます」するするっと近寄り、「せめてもお礼のしるし」仙吉を抱きすくめ、あらがうより先きに、ねっとり男根をからめとられ、とみの女陰は舌があるかの如く、仙吉をもて遊び、かと思えば吸い込み、しゃぶり、波のように寄せては返す快美感に、仙吉ひたすらうめきつづける。したたか気をやって、我にかえれば夢で、だが、まだはっきり感触が残るから、股間をながめると、赤ん坊が乳首むさぼる如く、男根に吸いつき、さもうまそうに淫水を飲みこむ。仙吉全身の力はなえていて、なすままにさせると、満足したのか赤ん坊は寝入り、以後、腹空かせれば、「バブバブ」と舌なめずりして、仙吉の男根ににじり寄り、するとたちまち夢ともうつつともつかず、仙吉はとみに抱かれて、羽化登仙の境に遊ぶのだ、半月後、赤ん坊は幼女に育ち、一月後美しい少女に成長し、ひきかえ仙吉は、ぼろ屑の如く痩せおとろえた果てに、息を引きとったが、その死顔は、気をやった直後の、うつけた表情を浮かべて、苦悶の色はなかった。

於伝は、すっかり仙吉にいたちの道を決めこみ、それはガエン者の情夫がいたからで、ガエン火消しといえば江戸の花形だが、ふだんは商家に銭《ぜに》さしを押し売りするならず者。仙吉を亡き者として、金を一人じめにし、おもしろおかしく世渡りしようと、謀るうちに、魔がさしたか於伝、とみの亡骸からくすねたべっ甲の櫛を、質店へ運んだのだ。

「これはまた結構なお品で、失礼ですがどちらから出たものでございましょう」下働き風情の持つ品ではないから番頭がたずね、「お大名に奉公する姉に貰ったんだよ、いくらでとってくれますね」「さようですな、まず一両」番頭怪しんで、断る口実にいったのを、「冗談いっちゃいけない、何年番頭をしてなさるね、こりゃ本べっ甲といって」於伝まくしたてるのを、わきで獅嚙火鉢《しかみひばち》に手をかざしていた商人体の男、湯島三組町の小間物屋与兵衛が「どちらからとおっしゃいました?」「だからさ、お大名に奉公してる」「ほほう」「お前さんの眼からみてどうだい」「結構なお品です」じろりと於伝をながめて、「ひやかしならやめとくれ、他を当ってみるから」前掛に櫛をかいこみ、その立ち去った後、「あれはどこの女です?」番頭にたずねた。傘屋の下働きときいて、「奇態なこともあるもの、あの櫛は森下の兵藤に頼んで、私がこしらえさせた品、櫛、笄《こうがい》、中挿《ざ》しと三つ揃えで八十両、売った先きは浅草の油問屋岐阜屋さん、娘さんの婚礼仕度だったんだが」「すると大名の拝領品というのは」「もちろん嘘に決まってます」

それだけではない、岐阜屋の娘には、他にいいかわした男がいて、話が決まって結納交すと、大枚の金を持ち出し、出奔した、髪にはあのべっ甲の櫛と釵《かんざし》をさしていて、行方知れず。「私は、商売柄眼にふれることも多いだろうって、親御さんに心がけて櫛を見ていてくれと頼まれていたんです」「すると、あの於伝さんが」「そうと決まったわけでもないだろうけど」「いやこれまではろくなものを持って来ないで、無理ばかりきかされてたんです」

与兵衛早速、岐阜屋に報らせ、自身番に届出て、於伝は取調べを受ける、すると大枚二百四十両の金が、身のまわりから出て、なお疑いが深まり、「あたしゃ知りませんよ、そんな油問屋の娘など」いい張ったが、もとより通らぬ。

阿倍川町の長屋も探索され、干からびた仙吉の死体と、まったく骨と化したとみの亡骸が床下から発見され、とみのまとう緋縮緬に黒繻子の帯は、まごう方なく、娘が家出の時のもの。逃れるすべを失い、こうなったら孕女《うぶめ》のお禄も道連れだと、仏なぶりのいきさつ白状したが、お禄もとよりしらを切り、なにより、床下の白骨が、於伝のいい分を打消した。「この骨の具合をみれば、一年前に殺したことは明らか、おかしなことをいい立て、お上をまどわすとは、不届きしごく」ガエン者の情夫の存在もあばかれ、仙吉殺しの罪も背負わされて、春たけなわの三月、市中引きまわしの上獄門にかけられたのだ。

油問屋の娘を殺したのは、お禄だった、男の許に出奔したわけではなく、男にだまされて子種を宿し、いざ、この上ない結婚話がすすみはじめれば、いても立ってもいられぬ。このままでは、袖でかくせぬ岩田帯の頃に婚礼の運びとなるから、帳場の金くすねて、孕女のお禄をたずねたのだ。十両二十両ならよかったが、仕入れの準備金で二百五十両あったとは世間知らずの娘気がつかなかった。

この大枚を眼にして、お禄悪心を起し、流しに来るほどだから、他に洩らしていないはず、このまま娘を子種もろとも闇に葬ってと、堕し薬の砥石の粉辰砂に加えて、毒薬の附子を調合して飲ませ、娘は悶絶、屍体は裸にむいて水子打ち捨てる庭の古井戸にほうりこみ、櫛と着物帯は、何かの用にとしまいこんでいたのだ。

久しぶりの引きまわしが、桜の噂と江戸の話題を二分している頃、一人の少女巡礼が、鈴を鳴らしつつ、日本橋新材木町の、淡路屋忠佐衛門江戸屋敷の前を過ぎ、表を掃いていた女中に、一枚の砂絵を手渡していった。

「なんだいこりゃ」女中が見ると、極彩色の砂で描かれた美人の姿、しかし、経帷子《かたびら》をこそまとわぬが、生気うかがえぬ表情で、分別わきまえぬ女中も、うす気味わるく思い、巡礼がくれたものだから、粗末に扱いもならず、台所に置いておいた。

そこへあらわれた淡路屋、砂絵に目をとめると、食入るようにながめ、「これ、どないしてん」「へえ、今、巡礼のお方がくれていきました」女中、怖ろし気に主人をうかがい、この三月ばかりの内に、淡路屋めっきり面やつれし、別人の如き人相、しかも気をたかぶらせて、誰かれなく八つ当りをする。

孕女のお禄に手引きされ、仏なぶりを営んでから、淡路屋は、とみの美しい死顔そしてその肌合いにとりつかれ、といって、いかに大枚の金積んでも、またの逢う瀬のかなえられることではない。

江戸屋敷に住まわせている妾、おりくに同じ緋縮緬を装わせ、「ええか、亡骸《むくろ》になったつもりで、じっとしてや、たわけた声出すのやないで」念押して、抱いてみたが、熟れきった体は、たちまちすさまじくのたうって、とたんに淡路屋、気勢をそがれてしまう。情を解さぬ小娘ならば、かなえられるかと、年端いかぬ下女に因果をふくめ、さらに仏めかすため、青黛《せいたい》をその頬に刷《は》かしめて、とみと同じ形で床に横たえ、とみを相手どったそのままを真似たが、男を迎えるとなって、幼いながら女陰は、自ずと息づき、淫水を吐き、指一本ふれぬのに、切なげな息をもらすのだった。

「亡骸や、お前は亡骸なんやで」いかにいい聞かせても、生身ならば必ず応えがあり淡路屋はじれるばかりで、食が細り、商い手につかぬ。

「この顔や、これをわしは探してたんや」女中に、巡礼の後を追うよう命じて、淡路屋はなお砂絵に見とれ、これだけ見事に写すのならば、必ずこの亡骸があるはず、どれほど金を積んでもいい、ながめるだけで精気が体内に満ちる思い、居てても立ってもいられず、自ら戸口に出て、うろうろと視線をさまよわせ、すると、ちりんと鈴がなり、かたわらに巡礼がいた。

「あんたか、この絵くれはったん」「さようでございます」「この絵の人は誰やの」「私の血縁の者、昨夜みまかりまして、供養のため、その姿を写し、配っております」「どこに、埋葬しはった、いや、私も線香の一本など上げたい思うてな」「ありがとうございます、墓所は京橋五郎兵衛町の裏の原」「京橋か」「御案内いたしてもよろしゅうございますが」春の暮れつ方、淡路屋は巡礼に先導されて、目と鼻の京橋へむかい、これまで気がつかなかったが、ここにも卵塔場があり、新仏のしるしの白張提燈、犬の食い荒した餅饅頭が散らばっている。

「ここに入ってはるのか」こんもりうず高い土盛りを指さし、巡礼がうなずくと、形ばかり手を合わせ、「どうもおおけに、若いのに気の毒なこっちゃ」とってつけたようにいった。夜を待って墓をあばくつもり、長年の恋ようやく成就できるようなときめきに気もそぞろ、怖ろしさは露ほどもない。朧《おぼろ》月夜だったが、五つの鐘をきいて、淡路屋屋敷を忍び出ると、卵塔場をめざし、昼は商家の多い家並みで賑うのだが、すでに人影は夜番だけ。

月明りに土盛りを探り当て、卒塔婆の一本ひき抜いて、やわらかい土を掘り起し、てっきり座棺に納められていると思ったのに、すぐやわらかい体の当りがあって、後は手で土を払い、たしかに、砂絵そのままの、仏があらわれた。

狂おしげに、淡路屋抱き上げ、あらためて地面に横たえると、しばらくながめ入ったあげく背中にしょって、屋敷へもどりはじめた。わがものとして心ゆくまでいつくしみたい気持が、前後を忘れさせたので、運よく夜番にもとがめられずに、運びこみ、その背後を、あの巡礼が従っていたなど、まったく気づかぬ。

奥の自室に入れて、戸締りをかい、白い帷子をはいで、仏はとみそのままの体つき、湯灌場のあわただしい営みとことなって、思うままにあつかえるから、淡路屋自らも裸となり、重り合う、ひんやりした肌のさわりに、背筋がしびれ、応えのない唇をむさぼり、「おうおう」と、よだれ流しつつ、仏の体をあらためる。

やがてその両脚の間に割って入り、隆々たるものをあてがって、むしゃぶりついたとたん、淡路屋は、「げっ」とうめき、血反吐をまき散らし、必死に仏の体から逃げようとしたが、針に刺された黄金虫の如く、ぐるぐるまわるだけで、やがて絶命した。淡路屋の抱きしめたのは、いつの頃、埋葬されたとも知れぬ古い骸骨で、その肋骨の一本が押しひしがれて折れ、淡路屋の胸を深々と突き刺したのだ。

翌日、まるで骸骨にからめとられた如き、奇怪なその死にざまが発見され、引きはなそうとしてもかなわず、そのまま葬られ、後とりのない淡路屋は、断絶した。

巡礼は、死んだとみの胎内よりあらわれ、仙吉の精吸いとって成長した少女なのだが、淡路屋の死にざま見届けると、鈴を鳴らして、唱念寺の湯灌場へもどり、懐紙に自らの女陰のぬめりをもって糊となし、次なる砂絵をえがく。砂の赤は、あたらしい死人の体より抜きとった血潮、黄は、腐れかけた仏にたかる蛆虫の汁、青は瘡病の果てに死んだ者の膿汁によって染められたものだった。よどみなくえがき出された砂絵は、眼もあやな雛人形で、これを懐中に納めると、巡礼、下谷を目ざす。

厄鬼の徳次女房が営む化粧品屋は、「すりみがき」で江戸中の評判呼び、これは、梨の汁、玉子の白肌、菊の露、灰汁を調合した独特の白粉下。これで磨けば、艶やかな肌あいとなって、なまじな紅白粉はむしろ野暮とされ、遊女芸者から町娘武家の妻にまで、人気を呼んだのだ。

もちろんぬか袋鶯の糞もっこうの実伊勢おしろい土おしろい、眉の置墨おはぐろの原料もそろえて、終日、女の笑い声が店先きに絶えぬ。

「すりみがき」の効験もさることながら、人気の一つは、三人娘のいずれも透きとおるような肌の色で、これがなによりの客寄せ、あの娘にあやかりたいと、身のほど知らぬ色黒、白痘痕《しろあばた》、面皰《にきび》づらが押しかけ、三人娘の肌をながめては、何時かはあのようにと、安くはない品を求めていく。

そのにぎわう盛りに、「ふだらくやきしうつなみの」と、御詠歌うたって巡礼があらわれ、上の娘が報謝の一文渡すと、「ありがとうございます」礼をいって、雛人形うつした砂絵をさし出し、桃の節句は過ぎていたが、「まあ、きれいなおひな様」娘が歓声を上げ、「飾っときましょうよ」「一枚しかくれないの？」「あらわるいわよ」自分たちとさして年の違わぬ少女の、どのような訳あって、鈴ふり歩くのか、気の毒そうにながめる姉妹を見かえし、巡礼は立ち去った。

その夜、まず上の娘が高熱を発し、季節の移り目に風邪でもひいたのかと見るうち、顔色が、死人そっくりの土気色にかわり、しかも肌はかさかさにささくれ、指でふれるとはげ落ちる。首から下は何でもなく、顔だけだから奇病にちがいなく、医師に診せたが、首をひねるばかり、三日すると熱はひいたが、土気色はそのままで、しかも次の娘にうつったらしく、同じ症状をみせ、やがて末娘も床についた。

徳次は留守、女房気も狂わんばかりとなって、まじない師祈禱師にたのんだが、たいていの不具者重病人見なれているはずの、この者たちも、腐れる寸前のおろくじに似た娘の顔色、しかも首は以前そのままの、白い肌だから薄気味悪がり、わずかの風にも、黒い粉がとび立ち、うっかり吸いこめば、たたりがのり移るように思えて、早々に退散していくのだ。

もとより店は閉めたまま、ひた隠しにしたのだが、噂に戸は立てられず、あの「すりみがき」には唐渡りの毒が入っていた、だからいっときは磨きのかかったようにみえても、長く用うれば、肌が灼けて炭の達磨《だるま》の如くなる、げんの証拠が三人娘、親の強欲のたたりを受けて、二た目と見られぬ炭団面《たどんづら》と、それまで評判高かっただけに、こっぴどくけなしつけられる。

いっさい事情知らぬ徳次がもどって、変り果てた娘の姿に仰天、しかしなすすべとてない。すっかり火の消えたような店に、りんと鈴が鳴り、「おう、巡礼さんかい」徳次が出て、すっかり心弱くなったとみえ、報謝わたしつつ、「お前さんなど、諸国を歩いて、いろんな話をきくだろうが」と、娘の病状を物語り、「こういう病いに効く薬は知らないかねえ」「おたく様に、この形の印籠がございましょう」巡礼、燕子花《かきつばた》に配った板彫りの八つ橋をえがいた砂絵を見せた。

「印籠?」徳次、不審そうにながめていたが、ようやく思い当り、しかし何故この印籠所持すると知っているのか、たずねかえそうとするはなを、「この印籠に納められている高貴薬を服用すれば、必ず元の肌にもどりましょう」半信半疑ながら、徳次が調べると、たしかに粉薬が入っている。溺れる者の藁で、娘に飲ませると、また高熱を発し、だが、鱗《うろこ》をはぐように黒い表皮がはげ落ち、二日すると、すっかり以前の姿にもどって喜んだのは束の間、熱はそのまま下らず、十日余り、苦しみ抜いて、娘三人はみまかった。

「おのれあの巡礼、何の恨みあって娘を殺した」と、徳次、道中差しを腰にぶちこみ、狂った如く連日市中を探し歩き、初夏の夕暮れ、わが店先きで、にっこり笑いかけるその姿を認め、ものもいわず斬り捨てて、顔をあらためれば、夏帷子着たおのれが女房、徳次、そのまま家内に走りこみ、首を吊って果てた。

春先き、花と陽気に浮かれて、仕出かした不始末の、子宮《こつぼ》さらいは五、六月に多く、孕女のお禄の許に、こっそり通う若い女が、あとを絶たなかったが、六月半ば、玄関先きに巡礼の鈴の音がひびき、もとより不信心だし、一文の銭も惜しい吝嗇《りんしょく》婆あだから、「しっしっ」犬追う如く手で払ったが、「お恥かしゅうございますが、お師匠さんのお手をわずらわしたく」「へえ、巡礼がお琴習いはるの?」空とぼける前に、巡礼、三十両の金をならべ、「お恥かしいと、おことわりしております。なにとぞお情けをもって」「なんや知らんけど、お上りやす」山吹色がなによりの通行手形、すぐ招じ入れられ、「みればまだ若いのに、誰ぞに、わるさされはりましたのか」お禄がたずねた。

「まあな、なんぼ遍照金剛十方世界というてみても、これだけはままならんわ、ま、くわしいことはよろし、こっちへ来なはれ」三十両とりこむと、奥の間へ連れこむ。中条流はまず堕し薬飲ませた上で、頃合はかり子宮《こつぼ》を藁しべで突くのだが、胎児の成長度によって、薬の量がこととなるのだ。「裾まくりして、寝よし。今さら恥かしなんかいうてられんで」巡礼いわれるまま、横たわって脚を開く。

お禄、右人差指を巡礼の女陰にさし入れ、月をはかろうとして、眉をしかめ、しげしげとのぞきこむと、「てんごうはやめなはれ、まだ肉膜《にくあい》がありますやないの、子供やあるまいし、孕んだか孕まんのか区別もつかんとは」舌打ちして、ひょいと見ると、巡礼の姿はそのままだが、体は水子《みずこ》の形となっていて、体の三分の一近くの大きさ、魚のような眼玉を二つ飾り、ぶよぶよふるえる顔がぬっと近寄る。

お禄、腰を抜かし、居ざって逃げるのを、爪の生えていない短い指が、裾をとらえ、いつしか水子は裸となっていて、重たげに頭ゆらせつつ、のしかかる。夢中でお禄、蹴ってもたたいても、応えのないその体をふりはなし、「た、たすけて」次の間の襖をあけると、今度は、小は親指大から、大きくてにぎりこぶしほど水子の群れ、血にまみれ、胎盤をねっとり引きずり、お禄の体にまつわりついて、ふり払ってもふみ潰しても、数はつきず、やがて眼をおおい、鼻をふたぎ、口の中まで進入し、お禄、息がつまる。

奥の間で、ただならぬ騒ぎはよくあること、若い女の苦痛かみ殺す声が、よく聞えたが、いかにも騒々しいから、下女がこっそりのぞいて、たちまち気を失う。お禄は、一尺もあろうかという無数の鉄砲みみずに、体中とりつかれて、悶絶していた。みみずは、ぴちゃぴちゃと音をさせて、お禄の皮膚を食い破り、血肉をすすり、まだ後からつづくみみずの元をたどると、庭の古井戸だった。数知れぬ水子と、中絶に失敗して死んだ女、また岐阜屋の娘の如く謀殺された死体を、養分として、鉄砲みみずが大発生し、お禄にとりついたのであった。

その悪業があらわとなり、家は取こわされて、空地となったが、夜近くを通れば、みみずに食われて泣く水子の声がきこえるといわれ、後に供養の塚が築かれるまで、孕み女は決して近づかず、近寄れば、みみずが体内に入りこみ、胎児を食い殺すといわれたのだ。

品川本宿、甲州屋の内所に、女衒の勘太どっかといすわり、西陽を受けてにじみ出る汗ぬぐっては、焼酎を口にふくみ、霧と吹きつけて、これがせめてもの暑気払い、二つに一つは体内に納めるから、鬼の如く全身赤く染めて帳面を調べ、しごく不機嫌だった。

というのも、この三月来、客足遠のき、み入りは減るばかり、土地で一、二を誇った頃に較べると四半分にも満たぬ、「おつる、こりゃ全体どういうわけだい」女郎上りの女房呼びつけ、煙管《きせる》の雁首たたきつけながらいったが、「私にも合点がいかないんだよ、暑さのせいかねえ」

「冗談いうねえ、ここで商売して何年になるんだ、炎天にも大雪にも、客足にかわりはねえありがてえ土地柄だ。おおかたお前のしめしがゆるんでるんじゃねえか、甘え面みせた日にゃ、どこまでもつけ上りなまけるのが女郎ってもんよ」「わかってるよ、客がつかなきゃ仕方がないだろう、行燈部屋にあそばせてある妓は一人もいないんだ。総勢十四人が、どうねずみ鳴きしたって、見向きもされねえんだから。お前さんが、そんな色消しな面店に出すから、客は恐がって寄付かないんだろ」おつる負けずにいい返し、妓夫《ぎゆう》、遣手《やりて》を詰問しても、首ひねるばかりだった。

　こいつはきっと、店の繁昌ねたむ奴が、甲州屋の女は瘡《かさ》っかきだとか、わるい噂を流してるにちがいねえ、勘太勝手に決めこんで、取締りの会所へまかり出で、「何だか知らねえが、うちにけちつけるのがいるらしいな」高飛車に出ると、「いいがかりはよしねえ、甲州屋。それよりこっちから、お前に聞きてえことがあるんだ」「なんでえ」「お前、女郎屋にとっちゃ、お女郎は宝だ、いやさお宝生み出す大事なたまだろ」「それがどうした」「だったらもうちっと、食わせるもんを食わしてやんねえな。そりゃもうけるのはそっちの勝手だが、あのやり口じゃ、四宿の一品川の名がすたらあ」「なんだと、食うものも食わせねえだと。よくまあ知りもしねえで、そんな口を」勘太、血相かえてなぐりかかろうとしたが、とめられて、「お前さん、自分の店をよく見たかい、あれじゃ張見世じゃなくて、冥府図だ。お前さんとこ一軒のためにどれだけあたりが陰気になってるか、分りゃしねえんだぜ」別の一人がいい、さすがに勘太もおかしく思う。

いわれるまま、わが店をながめ直し、そしておどろいた。明るい道筋から見れば、格子の中が暗く思えるのは当然だが、そこに居汚なくすわりこみ、あるいは立膝して、客を呼ぶ女郎の姿は、いちように痩せこけ、眼《まなこ》おちくぼみ、呼び込む声は陰にこもって、行き交う客のすべて怯える如く眼をそむけて通り過ぎる。

内所から見ている分には気づかなかったのだが、あらためて女郎たちにたずねると、このところめっきり肉が落ち、体が大儀でならぬという。食事もすすむし、腹こわしているわけでもない、「私も、暑さまけかと思ってたんだけど」おつるは気づいていたとみえ、「病気じゃないんなら心配ないよ、化粧を厚くしてさ、景気よくやっとくれ」女郎たちはなまけているわけでなく、たとえ病気でも客をとらなければ、行燈部屋へ入れられ、一日二度の粥《かゆ》のみ、死ねば無縁としてごみ同然に捨てられるのだから、必死に客を呼んでいるのだ。

しかし、日を追って、女郎の衰えは目立ち、呼びかける声もか細くなるばかりで、この世のものとも思えず、客の遊び心を吹き消してしまう。

廓全体の景気にかかわると、取締りたちは当分の間、閉店をすすめ、勘太も従がわざるを得ぬ。昼夜通じて、表のざわめきをよそに大戸を閉め、骨と皮に細った女郎と顔つき合わせていれば、気が滅入り、ひょいと、これはあの仏なぶりのたたりかと思い、その眼でみれば、女郎たち、そのまま湯灌場に運んでおかしくない姿。

「ええ、縁起でもねえ」湯呑みで、ぐいと酒をあおり、空元気つけるところへ、かすかな鈴がひびいて、巡礼がくぐりをのぞきこむ、「抹香くさいのが来やがって」勘太そ知らぬ顔でいたが、眼の前に一枚の砂絵をさし出され、見ると、痩せ細った亡者の姿がえがかれている。てっきりいやがらせをされたと思い、丸めて投げつけると、大戸閉めているから、昼間も灯《とも》す油皿に落ちて、ぼっと燃え上り、勘太、あわててもみ消そうとしたが、かえって皿をふみこぼし、女郎の裾に燃え移った。たちまち女郎たち騒ぎ立てたが、ここで小火《ぼや》なりと出せば、品川を追われることは必定。煙のもれぬようくぐりも閉め、座布団で、女郎の着物の火はたたき消したが、早くも障子天井に広がり、とうてい力及ばぬ。助け求めようと、大戸へ向かうと、もはや立ち上る力も失せた女郎たち、何本ものほそい手をからめて勘太を押さえこみ、「馬鹿野郎、逃げねえか、焼け死んじまうぞ」さけんだが、一同へらへらと笑うのみ。

通行人が気づいて、出火をつげた時には、すでに焔は二階に吹き上げて手がつけられず、甲州屋は、勘太女郎ともども焼けつきた。

梵天竜斎の妾、たつときねは、実の親娘で、以前は左官職の父と、裏店ながらむつまじく暮していたのだが、四年前に父が足場から落ちて足を傷め、その治療費を竜斎に借り、しかし稼ぎ手を失っては、返す当てがない。竜斎は、娘のきねを女中奉公に上げろと強要し、その下心は見えすいていた。

娘を人身御供にするくらいならと、たつが身代りを買って出て、一夜、竜斎の家に泊り、翌朝、憔悴しきってもどった時には、父の手前はばかりつつ、親娘抱き合って泣いた。その後も、しばしば呼び出しがあって、たつは外泊し、竜斎とのことを感づいたためか、それともはかばかしくない足の傷に焦れたか、鏝《こて》で喉を突いて父は自害。

となるとおおっぴらにたつは、竜斎を訪れ、それだけではない、十七歳になったばかりのきねを、「先生が御馳走して下さるって」と同道し、結局泊ることになって、深夜、竜斎がきねのもとに忍んで来た時、きねはこばむどころか、母を見かえす気があり、すすんで抱かれたのだ。

「女手は多い方が、家内にぎやかでよろしい。一緒に住みなさい」竜斎が命じ、竜斎を中に親娘が寝て、その気のおもむくまま交互に抱かれる。きねが竜斎の体に押しひしがれながら、母をうかがいみると、髪ふり乱して、無念そうな表情を浮かべ、小気味よく思ったが、しかし母も、ことさら当てつけがましく、よがり声をひびかせ、翌朝、わざと腰をたたいて、「抜けそうにだるい、昨晩はまたひどくいじめられて」などいい、きねにもませたりするのだ。

このうちはまだよかったが、やはり若い体に惹かれて、きねへの愛着が増すと、たつ露骨な敵意をみせ、「私が恥を忍んで先生に身をまかせたのは、お前の操を守るためだったんだよ」

「へえ、でも父さんが生きてる内だってさ、いそいそ出かけてたじゃないの。母さんだって抱かれたかったんでしょ」「てやんだい、泥棒猫、親不孝者」「あら、私を先生に抱かせたのは、母さんの計略じゃないのさ。自分が捨てられやしないかと思って」「大体、お前みたいな小娘に、本当の男の味が分ってたまるもんかい」「いいわよ、そのうち先生に教えてもらうもの」負けず劣らずいい合い、たつは、きねが竜斎に抱かれて喜悦の声洩らすと、隣の床から腕をのばし、きねの体、ところかまわずつねり上げた。

親娘のせめぎ合いに、丼を楽しむどころか、気押されて竜斎なえまらとなったのかも知れず、しかし、役立たずとなって以後、二人の仲はいくらか元に戻り、互いに親娘らしい心づかいもみせる。折角の仏なぶりも験あらわれぬまま、色ごとより金貸しが忙がしくなって、しばしば竜斎家を空け、萩桔梗女郎花《はぎききょうおみなえし》など野の花の乱れ咲く秋の一日、巡礼の鈴が市ケ谷にひびいた。「いいだろうねえ、この季節、巡礼をして歩くのも」たつが殊勝なことをいい、五文ばかりひねって、喜捨《きしゃ》すると、砂絵を渡され、これはまたあからさまな、男女交合図であった。「巡礼さんがこんな絵を」「巡礼も人の子でございます」「でもまあ淫らな」「淫らではございません、女同士の清らかなお遊びで、これなら仏罰受けることもないのでございます」「女同士？」たつ、不審気にながめ直し、たしかにもつれ合う双方に、豊かな乳房があった。「巡礼さんもなさいますのかえ」「煩悩の火をおさえこむなど、なまなかな修業ではかないませぬ。それより、火を燃えつきさせて、心安らかに大師様のお供をいたします方が」「へえ」たつ、好奇心をあからさまにし、「どうやんだろうねえ、女同士って」砂絵の向きかえて見つめるのを、「失礼」巡礼つと腕をのばし、たつの脇をすくって、畳の上に横倒しにすると、すぐ脚を割りこませ、「このように」物干の三叉組み合わせた形をとり、呆気にとられたたつ、しかし、しばらく竜斎に抱かれていないから、たちまち巡礼の動きに身をまかせる。

二枚重ね、互い形、入れ首、鍵の手と、巡礼が指南し、たつは果てしなく続く悦楽に、息も絶えんばかり。ようやく我にかえって、のろのろ上体起すと、すでに巡礼の姿はなかった。外出していたきねはもどると、たつの上気したさまを見てとり、「先生おもどりになったのね」ねたまし気にたずねる、「いいえ、帰っちゃいませんさ」答えて、巡礼とのことに較べると、竜斎の手管も子供欺しに思えるのだ。

その夜、枕をならべてやすみ、時々わざとらしい溜息つくきねは、竜斎に抱かれたいのだろう、いじらしく思う気持が生れ、子供をあやすように、たつはその肩を抱き、自然に足がからまって、しばらくはきね何ごとかと五体すくめていたが、やがて力を抜き、あえぎはじめた。それからは夜を待ちかね、昼も戸閉りして、親娘抱き合い、時の移ろいを忘れ、これまで竜斎が家にいれば、争って奉仕したものだが、今では留守するのを、待ちかねる有様。

竜斎はいっさい気づかず、仲むつまじいたつときねに、「親は子をかばい、子は親をいたわる、これ人倫の道だ」と、機嫌をよくした。そして秋も深まった頃、急用で帰宅した竜斎、家中の鍵が閉っているから、雨戸一枚外して中へ入り、すると妖しい息づかいがきこえる、胸をつかれて足音忍ばせ近づき、たつかきねか、いずれにせよ男に抱かれているにちがいなく、しかも、その喜悦のさまは自分とのまじわりをはるかに超えている。

なえまらだけに、異常な嫉妬心が起り、高利貸しだから、用心に隠し持つ匕首《あいくち》、右手にかまえて左に襖を開け、だが、まだ姦夫姦婦は気づかず、ひっかぶった布団がむくりむくりとうごめき続け、血の上った竜斎、布団はぐなり、滅多刺しに、からみ合う二つの体に匕首をふり下した。

ようやく動きも、物音も絶え、血なまぐさい臭いが部屋に立ちこめ、竜斎雨戸を引きあけて、はじめてたつときねであることに気づき、仰天して前後の見境いなく、表へとび出し、その出会い頭に、利子を納めに来た老婆とぶつかり、老婆は返り血浴びた竜斎の姿を見て悲鳴を上げる。

竜斎、そのまま逃げ出したが、捕手に追い詰められると、これまでの生命と覚悟を決め、喉を突いて死んだ。

由之介が、夕餉《ゆうげ》の用意に、枯木を拾い集め、寺にもどると、二間に三間の、広くもない本堂に白い影があり、暗がりをすかし見れば巡礼らしい。あるいは一夜の宿を求めるのかも知れず、そのまま庫裡へ入り、湯の接待の用意にかかる。

なえまらであれば、子供の産れる道理はなく、仏なぶりも効き目がないと分ると、後妻は積極的に当主に近づき、色仕掛けで籠絡しようと計った。由之介に先立たれれば、たよる者とてなく、その焦る気持も分ったし、おとなしいとはいえ、まだ一人者の当主が、ずるずると色香にひかれて、後妻と枕交したことを、裏切られたとも思わぬ。ただ、浮世のもつれがつくづくうっとうしくなって、由之介は、谷中にある寛永寺の末寺の株を、求め、寮から移り住んでいたのだ。

「これはお出《いで》なさい、どちらからお越しになりました」白湯すすめつつ、由之介は意外に若い巡礼だから、おどろいたのだが、「由之介さんですね」巡礼冷たくたずね、「いや、只今は得度して、了山と申すが」「あなたは、こと、とみ二人の女を御存知ですか」ことの名に覚えはあるが、それとてもはや面影をまさぐり得ぬ昔のこと、この巡礼がどうしてことの名を、と、いぶかしく思うより先きに、

「ことも、とみも非業の死を遂げました」「死んだ、で、そのとみというお方を、私は存じ上げぬが」「あなたとことの間に生れた娘です」「私の娘」「はい」「それであなたは」「私は、ことと、とみの執念の凝ってかりに人の姿を借りるもの」ち一んと、床に置かれた振鈴が、ひとりでに鳴り、初冬の陽はつるべ落しに暮れて冷たい風が吹き渡る。

巡礼は、女二人の死にいたるいきさつを、こと細かに物語り、「二人を死にいたらしめ、仏を汚した者すべては、死に絶えました。これで娘とみの執念は晴れたが、ことはまだ晴れぬ」「つまり、私も死ななければならないわけか」「あなたが死んでも、めぐる因果の根は絶ち切れぬ。ことの執念はさまよいつづけ、ついに成仏することはない。母と娘そろって安堵するには」巡礼、ふところから一枚の紙を出して、眼の前に捧げもち、「この女陰砂絵こそ、ことの執念を呪縛するもの、いまわの際に、最後の生命ふりしぼり、由之介恋しと、砂絵に残したこの女陰を、解き放たねばならぬ」

女陰砂絵は、色変りもせず、風にゆれて妖しく息づく如く、由之介呆然と見入る、「陰を解くには、即ち陽、ことの恋い焦がれた陽物を、女陰に向け、しごき立てて淫水を放つ時、はじめて呪縛は消えるのです」見入るうち、由之介はついぞ覚えのない昂ぶりを覚えていた、面影さだかでなかったことの、あでやかな表情が浮かんで、いわれるまま、男根を引き出し、半眼に閉じ、明石での交情思いめぐらせる。とりとめない情景が結びかつ消え、ことの声音が伝わると、「うっ」とうめいて、由之介淫水を放ち、懐紙に吸いこまれたそれは、女陰形どっていた赤い砂をはらはらと落した。

巡礼は、依然として捧げもち、一度のことでは、その輪郭がぼやけただけ。由之介、なえた男根を掌でなでさすり、なお明らかによみがえることの床あしらい、痴れ言、肌ざわり、よがり癖。今まさにことを抱きすくめているように思えて、緩急自在に指を使い、「いく、いく」と自ら、ことの声音をなぞっていい、どっと放ち終える。三度目には、ことの女陰のぬくもり、ひだの具合、とめどなく吸いこむような感触が、はっきり生れて、放ち、四度目は、眼前いっぱいに、ことの女陰が広がり、由之介はそこへ真逆様に落ちこむ如く思い、必死につかんだ手がかりが、わが男根で、ほっとするのと同時に放ち、後は無明の闇をさまよう心地、ことが誰であったか、自分の今居る場所も、所業も曖昧模糊として、雲の上を歩むとも浮くとも沈むともつかず漂う内に、かすかな光を認め、あっちへ行けばいいのだと、心にいいきかせ、やがて、光に向かい、渦を巻きつつ流れる勢いに身をゆだね、気を失った。

暗闇におおわれた本堂の床に、淫水吐きつくして死んだ由之介と、巡礼の衣裳をまとった骸骨がならんで横たわり、女陰砂絵を洗い落した懐紙は、風に吹かれて、蝶の如く、舞う。

その夜、上野山下に荷を下した夜そば売りの老爺は、りんりんと近づき、そして遠去かる巡礼の鈴の音を耳にし、闇をすかして、眼をこらしたが、何も見分けられなかったという。

『マリリン・モンロー・ノー・リターン』解説

宮田昭宏

短篇小説「マリリン・モンロー・ノー・リターン」を表題作にして刊行された書籍は、左記の三点になります。

まず、四六ハードカバーとして、文藝春秋から一九七二年（昭和四十七年）に、出版されました。これは装丁、装画ともに、横尾忠則さんが担当していて、刊行から五十年近く経ついまでも、とても斬新なデザインになっています。「マリリン・モンロー・ノー・リターン」のほかに、「水の縁し」「旅の終わり」「トテチテター」「万婦如夜叉」「不能の姦」が収録されていて、巻末に著者自身のあとがきが収録されています。

それから三年経って、一九七五年に文春文庫版の『マリリン・モンロー・ノー・リターン』が出版されます。このとき、収録作品の、「水の縁し」「旅の終わり」「トテチテター」「万婦如夜叉」の四篇が外されて、代わりに、「娼婦三代」「母陰呪縛譚」「死の器」という三篇が収録され、「マリリン・モンロー・ノー・リターン」と「不能の姦」を合わせて五篇の編成になっています。替えた理由は、いまとなっては、定かではありません。カバーの装丁は岩尾収蔵さんで、巻末には、文芸評論家の奥野健男さんの解説が掲載されています。

それから三十年以上経った二〇〇七年に、今度は岩波書店の現代文庫の、「野坂昭如ルネサンス」という全七巻のシリーズの一冊として、『マリリン・モンロー・ノー・リターン』が刊行されます。このときの収録作品は、文春文庫版と代わりはありません。装画、装丁は和田誠さんで、巻末の解説はなんと、横尾忠則さんが書かれています。

そして、こういう経過を経て、今度は、P+D BOOKS版『マリリン・モンロー・ノー・リターン』が刊行されます。

野坂昭如さんは、生前、小説家だけに収まることなく、テレビ、映画に出演はおろか、歌手デビューしたり、国政選挙に打って出たり、中年になってからラグビーやキック・ボクシングをやったり、心情三派という言葉を作って三派全学連を支持したりと、マスコミのトリック・スターとして名を馳せたのですが、一方的、その小説世界は多面性を持ち、世界がいま直面しているさまざまな問題—戦争、餓え、差別、性と死、テロ、原発、TPP、薬害など—に、鋭敏な先見の目を向けて、それを作品化した作家でした。

そこで、このP+D BOOKS版『マリリン・モンロー・ノー・リターン』を編むに当たって、収録作品をもう一度、取り替えて、ほんの一部ではありますが、野坂さんの多面性を味わえ、現代の問題に触れている作品編成にすることにしました。

それは次のようなことになります。

野坂さんお得意の一つである私小説的な作品が、「マリリン・モンロー・ノー・リターン」です。そして、「砂絵呪縛後日怪談《すなえしばりごにちのかいだん》」は、その対極にあると言ってもいい怪奇幻想小説で、いま特に漫画の世界で若い表現者の間で好まれて描かれる伝奇的な場面が、極彩色の覗き絵からくりを観るよう展開されていきます。

いまはテレビを中心に、落語、お笑いブームのようですが、野坂さんは、落語や歌舞伎などの古典芸能に造詣の深い方でした。そのことをうかがわせる「ああ軟派全落連《なんぱぜんらくれん》」は、大学の落《おち》研《けん》の青春を描いていて、やがて哀しいユーモア小説です。

「死《し》の器《うつわ》」は、老いの問題と介護をテーマにした、今日必読の、ブラックなユーモア小説です。野坂さんは、まさにいまの老齢社会・老人介護の問題を半世紀近く前に予知して、このような凄い世界を創りあげているのです。

「乱離骨灰鬼胎草《らんりこっぱいおにばらみ》」こそ、野坂さんの予見感覚の鋭さを発揮した問題作と言えるでしょう。野坂さんは、歴史の中に見捨てられてきた海端の村に降って湧いた、原発建設と巨額な補償金がもたらす悲劇を描き、ほぼ四十年後に起きる三・一一の悲劇を見据えています。この小説でも、フクシマの住人と同じように、経済効率のみを追いかける為政者や経営者たちに村人たちは再び見棄てられてしまうのですが、いわゆる棄民へ注がれる野坂さんの透徹した眼差しの中に、温かさを感じることができます。

四度目になるお色直しになる短篇小説集『マリリン・モンロー・ノー・リターン』ですが、いろいろな味わいの、そして、少しも鮮度が損なわれていないどころか、ますます光彩を放つ小説世界を、こうした形でお送りできることを、担当編集者だった者として、とても嬉しく思っております。

（編集者、元「小説現代」編集長）

初出一覧

「マリリン・モンロー・ノー・リターン」（「別冊小説現代」一九七一年陽春号）
「砂絵呪縛後日怪談」（「別冊小説現代」一九七一年十月）
「ああ軟派全落連」（番町書房刊『ああ軟派全落連』一九七四年七月初収録）
「死の器」（「オール讀物」一九七三年四月号）
「乱離骨灰鬼胎草」（「小説現代」一九八〇年四月号）

（お断り）

本書はP+D BOOKSオリジナル編集です。
1975年に文藝春秋より発刊された文庫『マリリン・モンロー・ノー・リターン』、
1974年に番町書房より発刊された単行本『ああ軟派全落連』、
1984年に福武書店より発刊された単行本『乱離骨灰鬼胎草』、
2001年に国書刊行会より発刊された単行本『野坂昭如コレクション3 エストリールの夏』を、
それぞれ底本としております。
あきらかに間違いと思われるものについては訂正いたしましたが、
基本的には底本にしたがっております。
また、底本にある人種・身分・職業・身体等に関する表現で、現在からみれば、
不当、不適切と思われる箇所がありますが、著者に差別的意図のないこと、
時代背景と作品価値とを鑑み、著者が故人でもあるため、原文のままにしております。

野坂昭如（のさか あきゆき）
1930年(昭和5年)10月10日—2015年(平成27年)12月9日、享年85。神奈川県出身。1967年「アメリカひじき」「火垂るの墓」で第58回直木賞を受賞。代表作に『エロ事師たち』『てろてろ』など。

P+D BOOKS

ピー プラス ディー ブックス

P+Dとはペーパーバックとデジタルの略称です。
後世に受け継がれるべき名作でありながら、現在入手困難となっている作品を、
B6判ペーパーバック書籍と電子書籍で、同時かつ同価格にて発売・配信する、
小学館のまったく新しいスタイルのブックレーベルです。

マリリン・モンロー・ノー・リターン

２０１８年10月16日　初版第１刷発行
２０２４年11月６日　第４刷発行

著者　野坂昭如
発行人　石川和男
発行所　株式会社　小学館
〒１０１－８００１
東京都千代田区一ツ橋２－３－１
電話　編集　０３－３２３０－９３５５
販売　０３－５２８１－３５５５
印刷所　大日本印刷株式会社
製本所　大日本印刷株式会社
装丁　おおうちおさむ（ナノナノグラフィックス）

ISBN978-4-09-352348-6

P+D BOOKS